世界文學
經典名作

長腿叔叔

DADDY LONG LEGS
JEAN WEBSTER

珍・韋伯斯特 著
李常傳 譯

本書簡介

《長腿叔叔》講述了孤女朱蒂在孤兒院長大，其後被一個好心的理事送去念大學，這期間她給理事的長腿叔叔寫了81封生活經歷的信，從而展示了一個長期在壓抑環境下長大的女孩，她如何自重、自愛、自強，最後得到社會的認可並獲得了愛情的過程，《長腿叔叔》這部作品不止是朱蒂的成長故事而是一部女性自我奮鬥、力爭上游的勵志書！

作為書信體小說，《長腿叔叔》採用第一人稱敘事，這使作品能夠充分展現人物的內心世界，無論是日常瑣事，還是情感表現，作品都呈現出一種細膩的美感。而朱蒂的信中，不時穿插的鋼筆簡筆劃，使作品更加妙趣橫生。幽默、俏皮、獨立的可愛女孩形象，無時無刻不躍動著至真至純的美感。

韋伯斯特通過創作《長腿叔叔》，將自身經歷和女性見解融入其中，樹立了積極、自主、樂觀、主動，在社會和政治生活中占主體地位的知識份子新女性形象，構建了女性敘事權威。既向男性讀者闡明了自己女性的立場，又樹立了朱麗莎在女性心目中良好的新形象，鼓舞女性讀者奮發向上，爭取自主，以主動的姿態獲取個人成功，實現個人願望。

《長腿叔叔》一書推出之後即獲得不同凡響的轟動，長期以來暢銷不衰。其語言文字的曼妙可愛、簡筆劃的趣味勾勒、情節的豐富流暢奠定了此書的不可替代的文學成就，一度被媒體稱為「一本百年難得一見的好書，內容勝過《小婦人》。」該書陸續以舞臺劇、戲曲、卡通和電影的形式展現在世人面前。

作品在基於現實的基礎上，採用浪漫主義手法行文，寓意表現愛的奇跡。它集中地傳達出作者對那些不幸人物命運的美好希冀，抒發了作者對理想生活、理想世界的熱烈追求。而傳奇性故事本身就具有極強的浪漫色彩，它讓人感受到欣喜、驚奇和愉悅，出人意料的結尾既符合整個故事邏輯的發展，又使得使故事更加扣人心弦。然而，一個孤兒在學業、愛情方面，最終獲得圓滿的結局，創造了命運的奇跡，決不單單是幸運，而是她個人自尊自立、自強不息的結果。

生活需要奇跡，而最大的奇跡就是你自己。自己只要勇於創造，生活完全可以如童話一般美妙。作品通過朱蒂的經歷，闡釋了深刻的人生哲理：經歷過苦難的人會懂得珍惜自己擁有的一切，懂得愛與感恩的人會遇到意想不到的奇跡！

關於、長腿叔叔

「信」真的是一種很有趣的東西。揆違已久，再度重讀了一遍《長腿叔叔》，更深感如此。大家都很喜歡寫信吧？雖然不曉得要怎麼折信紙，可是今天的背包裡不是也裝了摺得很漂亮的三角形信箋嗎。明明前天晚上用電話拉拉雜雜說了一大串，還是有些話要用信來說才行。因為我們寫信的對象，都是我們熟悉、喜愛的才想寫。要是像朱蒂那樣，有個出很多學費幫助她的恩人，要寫信給只看過背影，連臉長什麼樣都不知道，甚至沒聽過聲音的對象，一定很頭痛吧！

但是，換個角度來看的話，寫信給一個根本不認識的人，朱蒂才能把自己想的事、感受到的事完完全全的寫出來吧。如果跟對方很熟？反而會想，這件事不能跟那個人講，或是要怎麼寫那個人才會高興……女孩子躺在無人的原野上，大聲地歌唱著。朋友的事、自己的事、每天的生活，想到什麼就把它放在旋律中……在讀朱蒂的信時，不覺得眼前就浮現出那樣的光景嗎？就是這種坦率、想到什麼就寫什麼的信，才會打動對方的心。

這本書的作者——珍・韋伯斯特在一八七六年七月二十四日生於美國紐約州西方的佛萊德

尼。母親是《湯姆歷險記》作者馬克・吐溫的姪女，父親則從事出版工作。從當地的學校畢業後，進入一所美國東部著名的瑪莎女子大學就讀。大約從這個時候開始，就熱衷於大學刊物的投稿，也做了不少編輯工作，這不是剛好和朱蒂度過相同的大學生活嗎？大學時代常常探訪孤兒院及感化院，強烈地感受到：「失去親人庇護的小孩更應該有幸福的權利。」在學生時代醞釀的這個想法，終於使她在多年後寫出《長腿叔叔》這本小說。

大學畢業後，珍開始從事正式的寫作生涯，以在瑪莎大學宿舍同一間寢室的朋友阿迪萊特・克萊帕茜為對象，寫了一本《鼓起勇氣參加舞會去》的短篇小說，於兩年後出版。住在以藝術家之城聞名的格林威治村，一邊從事寫作，一邊到處旅行，三十歲時正在環遊世界呢！

《長腿叔叔》在一九一二年出版，當時，珍年方三十六歲，馬上引起各方迴響。這部作品被改編成舞台劇在百老匯上演，還由當時最受歡迎的女明星梅莉亞・畢克佛德主演，拍成無聲電影上映。三年後推出長腿叔叔・續集《親愛的敵人》，以成為孤兒院院長的朱蒂之友莎莉・瑪格布萊德為主人翁。

同年，珍和律師葛倫・福特・馬基尼結婚，新居位於看得到紐約市中央公園的公寓裡。在麻薩諸塞州也有一座農場，在那兒養了不少鴨子和雉雞。可是幸福的日子並不長久，第二年的六月，生下一名女嬰之後兩天便逝世了。那時，已經快接近她的四十歲生日了。

《長腿叔叔》經常被比喻成灰姑娘的故事。出身貧窮、性子好的小姑娘受到幸運之神眷顧，得以和有錢人共結連理……如果只有光看大概的劇情發展，頂多只是看完一個故事而已。當時演出的《長腿叔叔》也是那樣子，劇評家給的評語盡是：「放太多砂糖的歌舞劇。」以及「把『人生的蘋果』端到餐桌上來。」之類的字句。

這本書裡面的朱蒂，並沒有憑空等著接收從天而降的好運。儘管很高興能有不認識的恩人幫助，也沒有依賴的想法，認真求學，贏得獎學金，將來也立志要成為一名作家。想要自力更生、不求於人的強烈意志？透過幽默風趣的信，深刻地描繪出來。著實令人感受到那種不假他人之手，努力建立自己巢穴的強而有力的羽翼正在揮動著……

在這本很久以前買的英文版《長腿叔叔》的封底裡，寫著一位書評人的話：「鉛字竄出來的夏天。」這是何方神聖所寫，已經查不到了。不過，評得實在是真貼切。每當看到並不陶醉在眩亮耀眼、南風吹送的夏天裡，堅定自己步伐的小朱蒂寫的信？我也覺得夏天輕輕吹送的南風，正經過我的身旁呢……

目錄

《憂鬱的星期二》

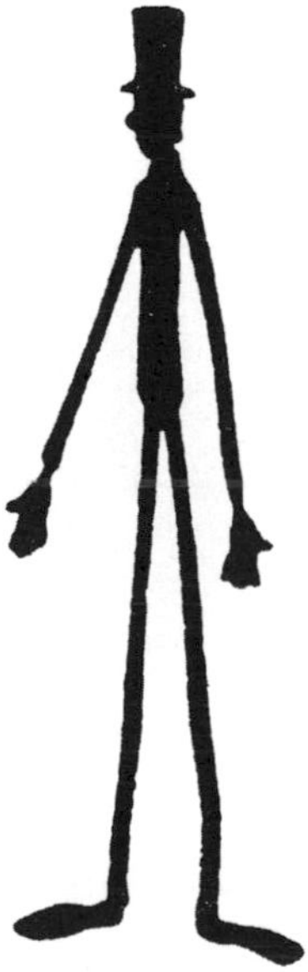

每月的第一個星期三，總是個憂鬱的日子。這是一個令人戰戰兢兢的等待，又必須咬緊牙根忍耐的一天，也是大夥兒拼命想要馬上忘掉的一天。

每一寸地板，都要擦得光可鑑人；所有的椅子，也必須是一塵不染；所有的床鋪，也得連一點皺摺都沒有才行。

替九十七個一秒鐘也安靜不下來的小朋友們（孤兒）搓洗手臉，梳好頭髮，扣上漿過的格子絨布（有格子、棋盤狀花式的實用布料）制服的鈕扣後，還得告訴這九十七個小朋友，「要有禮貌喲！董事（商討有關孤兒院經營問題等組織的成員）先生如果和你們說話時，要好好的回答人家『是的，先生！』『不是，先生！』喲！」

實在是辛苦的一天。朱麗莎．亞伯特是在這些失去親人的孩子們當中，最年長的姊姊，不得不負起照顧大家的擔子。還好，和往常一樣，這個忙碌的星期三終於接近尾聲了。在這之前，朱麗莎待在廚房裡做三明治，稍後抽個身上了二樓，做每天的例行工作。

朱麗莎管理的是F室。F室裡擺著給十一個四歲到七歲小朋友們睡的大通舖。朱麗莎集合好小朋友之後，將他們皺巴巴的衣服拉好，每個人都別上小花後，叫他們乖乖地排成一列，到餐廳用牛奶、麵包、李子口味的布丁，度過三十分鐘快樂的晚餐時光。

打理完了大大小小的一切，朱麗莎已經累得癱在窗邊的椅子上，臉貼在冷冷的玻璃上。不論如何，從早晨五點起就一直沒坐下過……

如果有人說錯話，就會挨氣瘋了的院長一頓罵，或是咳嗽一下以示警告。雖然里貝特院長總是在董事及來參觀的老婆婆們面前，滿臉嚴肅，沈著應對，其實她並非都是這樣的。

朱麗莎的目光越過了落著霜的草地遠方。在孤兒院的鐵欄杆圍牆外，遠遠的小山丘上有座別墅；還可以從掉光葉子的樹林間看見散落在村子中的尖塔。

深深吸了一口氣，今天總算告一段落了。一切都還算順利吧，朱麗莎這麼想著。所有董事及視察的人在孤兒院裡四處察看，聽取報告，喝完茶後，現在正各自朝自己可愛的家出發呢。

由於好奇心及憧憬所趨使，朱麗莎把視線從窗邊移開，落在從孤兒院門口川流不息駛出的馬車及汽車上；心中幻想著自己正乘坐一輛接一輛的汽車，往山丘上那棟別墅去的光景。

幻想著自己穿著皮毛大衣，戴著鑲有羽毛的天鵝絨帽，優雅地坐進車內，裝模作樣地對司機說：「請到我家。」然而，這份想像只要一踏入房子的大門口時，就會變得模模糊糊了。

雖然里貝特院長說，像朱麗莎這麼有想像力，不注意的話是會很危險的。可是不管朱麗莎擁有多麼敏銳的想像力，也無法越過那宅院的大門。可憐的她，即使已經十七歲了，仍未去過普通人家的家裡，更別提會知道他們的生活方式了。

朱麗莎．亞伯特，

聽說有事找妳呢

……在辦公室——

我可認為……

早點去比較好喲！

加入聖歌隊的湯米．狄倫一邊唱著，一邊走上樓來了。越靠近走廊邊的F室，歌聲也越大聲起來。一下子被拉回現實世界來的朱麗莎想著：「是誰找我？」顯得不安似地聽著。

里貝特院長在辦公室——

好像非常生氣呢——

阿——門！

湯米故意學聖歌的吟唱方式，特別打著節拍唱歌；但是決沒有開玩笑的態度。不管態度再怎麼惡劣的小朋友，都同情不小心做錯事，被挑剔的女院長叫去的朱麗莎姊姊。特別是湯米，有時雖被朱麗莎姊姊用力的拉住雙手，搓洗快要被鼻涕淹蓋而過的小臉蛋；可是，他還是最喜歡朱麗莎了。

朱麗莎一言不發，帶著困惑的表情出去了。是不是做錯什麼了。難道是三明治的麵包切太厚了嗎；還是核桃餅中有碎蛋殼呢？是不是老婆婆們發現蘇西．佛森的襪子上有破洞了？還是……唉，我的天啊！搞不好是F室的小朋友對那些董事說了什麼不禮貌的話。

樓下走廊並沒有開燈。而朱麗莎下樓時，剛好看到最後一位要回家的董事站在玄關。朱麗莎瞄了一下那個男人的樣子，只感覺到他個子相當地高。

那個人朝在等他的汽車招了招手，車子馬上開過來了。大燈從下面照在他身上，只見他的影子清楚的映在牆壁上。那是個從走廊的地板一直連到牆上，令人覺得很不舒服的長手長腳的影子，怎麼看怎麼像爬來爬去的長腳大蜘蛛。

原本很擔心的朱麗莎，突然之間覺得好笑。本來性子就開朗的她，只要一點點小事都會笑出來的。本來應該是很了不起的董事，竟是這副奇怪的模樣。雖然只是小事，朱麗莎頓時心情輕鬆許多，滿臉微笑的踏進辦公室。更驚訝的是，連里貝特院長也和和氣氣，雖然沒有露出笑容，但是就像招待客人似地擺著一張高興的臉。

「朱麗莎，來！坐下！坐下！我有話跟妳說呢！」

朱麗莎找了張離她最近的椅子坐了下來，緊張地等待著。此時有一輛汽車快速的從窗外駛過。里貝特院長目送著那輛車子離去，然後說道：

「妳看見剛剛回去的那位先生了嗎？」

「看到背影。」

「那位先生啊，在所有董事裡最有錢，而且還捐給我們很多錢呢。只是不能說出他的名字罷了，因為那位先生是不願意具名的。」

朱麗莎從未因為要談論董事的事，而被叫來辦公室，因此感到很驚訝！

「那位先生已經幫助過好幾個我們這兒的男孩。妳還記得查理士・班頓、亨利・佛利斯吧。那兩個小孩可是受到史……啊啊！就是剛剛回去的那位董事的幫助，才完成大學學業的呢。兩個人為了報答他所支付的錢，非常努力的用功，而且取得好成績。那位先生也說過，除此之外，其他的感謝都不需要。

「可是，到目前為止，他只幫男孩子。所以，不管我們這兒的女孩子再怎麼優秀也沒接受過他的支助。那位先生可能是很討厭女生吧！」

說到這裡，里貝特院長沈默了一會兒。然後，又慢慢地說道：

「我想妳也知道，一般院童只要到了十六歲，就不能在這兒待下去了。可是，對妳是特別的。我知道妳十四歲從這邊的學校畢業，成績也非常好……雖然妳的禮節不是很好……可還是進了村子的高中。但是，妳就要從高中畢業了，實在也沒有再待下去的理由了。妳已經比其他的小孩在這兒多待兩年了。」

兩年的期間，里貝特院長總是要朱麗莎把孤兒院的工作放在第一。像今天的大掃除，朱麗莎就必須向學校請假，可是院長卻佯裝不知情似的。

「就像我剛剛所說的，今天是為了要討論妳的……將來，我可是調查了所有事情——從頭到尾，完完全全。」

里貝特院長像是對犯人說話似地，面色凝重地看著朱麗莎；朱麗莎也裝著好像都是自己不對的表情，看著里貝特院長，好像不如此做是不行似的。

「當然，像妳這般年齡的小孩，怎麼說都應以工作為先。但是妳成績不錯，特別是妳的國語文很好。

「孤兒院的視察委員，也是校務委員的普里・查德先生就曾經和學校的老師說了許多誇獎妳的話呢！而且把妳那篇作文《憂鬱的星期三》大聲地朗讀出來。」

朱麗莎聽了這番話，反而更困惑了。

「對於這樣照顧妳的孤兒院，竟然寫那樣的文章，實在是知恩不圖報。不過，還好文章寫得很幽默，否則，那就不可原諒了。

「幸運的是，嗯……也就是剛剛才回去的那位先生——好像覺得很有興趣，很欣賞妳那篇幼稚的作文，要送妳進大學讀書。」

「進大學？」

朱麗莎瞪大了眼珠子說。

只見里貝特院長點了點頭。

「那位先生就是因為有許多事情要商量才留下的。不過他提出的條件實在很奇怪。看來那位先生不太正常，竟然覺得妳很有才華，要把妳教育成作家。」

「作家……」

朱麗莎呆住了。

「沒錯，雖然妳能不能成得了作家還言之過早，但那位先生除了大學費用之外，還會給妳很充裕的零用錢。對於妳這個從沒自己用過錢的小孩子，也許是多餘的，但既然那位先生都替妳計劃好了，我也不好再多說什麼。不過，這個夏天你還得待在孤兒院。親切的普里·查德先生會為妳打理一切入學時要用的東西，並替妳料理得好好的。

「宿舍費及學費將直接付給大學，除此之外，在這四年間，每個月還會給妳三十五元零用錢。這些零用錢會由那位先生的秘書送給妳，要記得每個月一定要寫信謝謝人家。不過，道謝並不是指錢的事情，而是指功課進度如何呀，每天怎麼度過等等，要詳詳細細的寫在信中，就當做寫給父母親的家書一樣。

「信寄給秘書，只要寫『約翰．史密斯先生收』就可以。那位先生的真正名字並不是約翰．史密斯，對妳來說，除了這個名字之外，關於他的其他事都不重要。要妳寫信，是要了解妳的進度，同時，寫信也可以增進你的寫作技巧。

「那位先生不會回信給妳。由於他不喜歡寫信，所以希望妳不要介意他沒回信。

「但是如果有事，必須請他回信的時候——譬如，大學不唸了啦……等情況——我想不太可能吧，那時候只要讓葛利古斯秘書來處理就好了。

「一個月一次的信可是妳的義務喲！而且這也是唯一對史密斯先生道謝的方法。就像是還債一樣，一定非做不可。所以，妳一定要確確實實地把功課進度、學習進度好好地告訴史密斯先生。千萬不能忘記這是寄給孤兒院董事先生的信。」

朱麗莎早已迫不及待要衝出門外了。小腦袋中興奮滿滿，多想快點逃離里貝特院長冗長的說教，自己一個人好好的想一想。朱麗莎起身退後一步，但是院長阻止了她，又繼續訓話。

「妳可得好好把握住這從天上掉下來的幸運。沒有人能像妳一樣如此受到幸運之神的眷顧。

絕對不可以忘記妳要做的事……」

「是的，院長，我都知道了。謝謝院長！如果沒事了，我想我要去縫補佛萊迪・帕金斯的褲子了。」

朱麗莎飛也似地跑出屋外，關上了門，留下尚未訓完話的里貝特院長張著嘴，望著朱麗莎離去的背影。

朱麗莎・亞伯特小姐寄給長腿叔叔史密斯先生的信

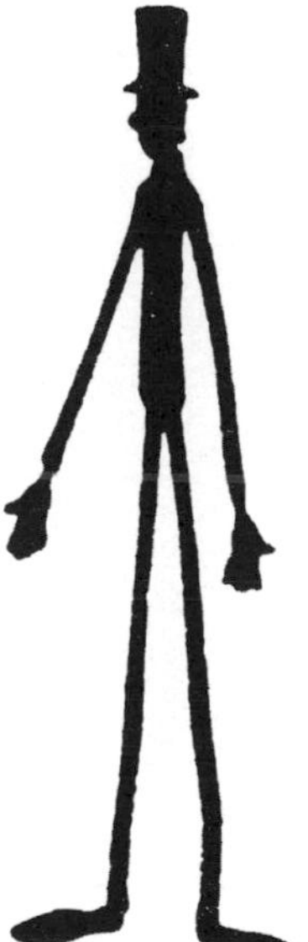

九月二十四日　佛格森宿舍二一五室

（美國的學校新學期從九月開始）

幫助孤兒們進大學的仁慈的董事先生：

終於到達這兒了。

昨天做了一次四個小時的火車之旅，令人太不可思議了，因為我從來沒坐過火車呢！

大學太廣大了，令我惶恐不已。每次一出房門，就會迷路。等過一陣子不再手忙腳亂時，我會詳告您這邊的情形的；同時也會告訴您我課程的大概。因為要到星期一早上才開始上課。

現在是週末晚上，首先還是向您報告一下我的近況吧。

寫信給素未謀面的人，有一種很奇妙的感覺。對我而言，還是滿難適應這件事的。而且從出生至今，只寫過三、四次信，這封信一定會很奇怪吧！請見諒。

昨天早上臨出門時，被里貝特院長「耳提面命」地交待了我的「使命」。里貝特院長義正辭嚴地告訴我，今後決不能再那麼任性、為所欲為，一定要記得回報對我這麼仁慈又幫助我的人，要我隨時隨地必須有「絕對不能辜負人家」的心理準備。

可是要怎麼做，才不會對這位自稱是約翰・史密斯先生的人失禮呢。如果您取個性格一點的名字就好了。像是「親愛的跛腳哨兵先生」啦，或是「親愛的曬衣竿先生」等等，寫起信來就會比較有趣多了。

非常感謝您在這個夏天設想周到地為我所做的一切。沒想到竟然會有人關心我的將來，簡直像是有了家人似地高興極了。

儘管如此，不論我在心中如何想像你的模樣，關於你的一切資料，實在少得可憐。關於您的事情，我只知道三件！

一、身材很高。

二、非常富有。

三、很討厭女孩子。

本來想稱呼您為「討厭女生的人」，可是這麼一來，不是連我自己也被侮辱到了嗎！還是叫您「億萬富翁」吧——可是這樣又好像變成您眼中只有錢，這對您就太不恭敬了。其實錢財是身外之物，華爾街不是有很多聰明人，卻以一蹶不振的悲劇收場嗎？誰也不可能一生都是富翁。

可是，您長得很高這件事，是一輩子也改變不了的，所以我決定稱呼您「長腿叔叔」。希望沒有讓您不高興。

這是我跟您之間的小秘密，請不要告訴里貝特院長。

再過兩分鐘就十點了。我們一天的作息都靠鐘聲，用餐、就寢、上課等都得靠這個鐘聲報時。您聽！鐘響了，要熄大燈了。晚安！

請您務必了解我是多麼地守規矩，這全都拜約翰·葛利亞孤兒院的教誨所賜。

朱麗莎·亞伯特敬上

十月一日

親愛的長腿叔叔：

我非常喜歡大學，更喜歡讓我進大學，供我唸書的長腿叔叔。我實在太幸福了，總是興奮得幾乎無法入眠。這裡和孤兒院是多麼的不同，連您亦無法想像得到吧。

作夢也無法想像世上竟有這種地方。因為不是女孩子而不能前來此地的人，實在太可憐了。您年輕時候的大學也不可能有這麼棒吧。

我的寢室在頂樓。在本校新的附屬醫院未建成之前，這個地方曾是傳染病房。跟我同一樓的還有三個人。總是對我說：「請保持安靜！」是帶著眼鏡的一位四年級學姊和叫做莎莉・瑪格布萊德以及茱莉亞・班頓的兩個一年級同學。莎莉有一頭紅髮及朝天鼻，非常親切。至於出身紐約良好人家的茱莉亞老是對我「視而不見」。這兩個人住在同一間寢室，我和四年級學姊各住一間寢室。

平常是不給一年級單人寢室的，只有我例外。但是我並沒有向學校提出要求，是他們自己分配給我的。

一定是學校的職員認為，家世良好的小孩子是不應該和像我這樣的孤兒同寢室，才如此安排的！果真如此，那當孤兒也不賴呀！

我的房間座落在西北角落，有兩個窗子，可以看到很棒的風景。

十八年來，一直都是和廿二個人同在一個房間內，如今只有一個人獨處，實在是太舒適了。現在才開始了解自己，喜歡自己。

您覺得呢？

〈星期二〉

學校現正在組一年級的籃球隊，我說不定可以加入。雖然我個子小，可是速度快，也有耐力。別人跳起來時，我可以從別人的腳下把球搶過來。練球很好玩——午後的運動場林木楓紅，在燃燒落葉的飄煙中，大夥兒笑在一起、高聲喊叫，好幸福。其中我是最幸福的！

本來想要寫一封長長的信，向您報告課業的事情（里貝特院長說這是您最想知道的）。可是

第七堂課的鐘響了，十分鐘之內，必須換好運動服裝到操場集合完畢。您是不是也贊成我加入球隊呢？

容後再敘。

朱麗莎·亞伯特

P.S.

（九點）

莎莉·瑪格布萊德剛剛跑到我房間來，說了一些話。

「我得了嚴重的思鄉症，快要崩潰了。妳難道一點也不會嗎？」

我笑了笑，回答她：「不會！」

我才沒有感覺呢！不曾聽說過有人會想念孤兒院，對吧！

十月十日

親愛的長腿叔叔：

您知道米開朗基羅（一四七五～一五六四年）這個人嗎？他是中世紀時期義大利有名的藝術家。每個學英國文學的人都曉得他。我只知道有一個偉大的天使也叫米開朗基羅，被班上同學嘲笑了半天。大學中最苦惱的就是，別人以為你了解的事，偏偏你並沒有學習過，因此我常常錯誤百出。不過現在只要聽到大家在談論我不懂的事時，我就會靜靜地聽，等到事後再趕快去查百科字典。

第一天就嚐到失敗的滋味。不知道是誰說到梅特林克（比利時作家，一八六二～一九四九年，《青鳥》為代表作），我把這個名字聽成是一年級同學的某個人。這件事情很快就傳遍全校。雖然如此，我還是認為比起班上有些人，我絕對好很多。

您有沒有興趣知道我是怎樣佈置房間的呢？整個房間是由黃色系和茶色系組合而成。由於牆壁是暗黃色的，所以我買了黃色的窗簾、抱枕、桃花心木（北非產的熱帶植物，木質堅硬，防水，上等傢具材料。）的桌子（三塊錢的二手貨）、藤椅以及一塊稍微沾到墨水漬的地毯。我把椅子擺在沾到墨水漬之處的上面。

這些傢具是莎莉·瑪格布萊德在四年級的拍賣會場上替我找到的。莎莉一直都待在正常的家庭裡，對於室內擺設很清楚。從前我自己頂多能擁有兩、三毛錢，現在卻是付五塊錢並找回餘款。您一定無法想像，像這樣子買東西時的滿足感。最親愛的叔叔，謝謝您給我零用錢花。

莎莉是個很容易相處的可人兒，至於茱莉亞·班頓可就大不相同了。學校的職員實在是做了一個很有趣的組合。莎莉對什麼都覺得新鮮，連留級——也是。但是茱莉亞什麼都提不起勁兒；連怎麼讓別人去喜歡她，想都不去想一下。反正班頓家的人不必經過身家調查，就可以直昇天國了。同時，茱莉亞和我彷彿天生就看不對眼似的。

對了，功課的事讓您久等了。

一、**拉丁文**　第二次波耶尼戰爭——漢尼拔將軍的軍隊前夜在托斯尼斯湖畔紮營，次晨於第四度衛兵換守時開啟戰火。羅馬軍不敵撤退。

二、**法文**　《三劍客》的第二十四頁。

三、**幾何學**　教完圓周，現在在上圓錐體。

四、英文　上文法的課程。我的文章也逐漸條理分明，有進步。

五、生理學　現在上到消化系統；接著是肝臟和胰臟。

用功學習的　朱麗莎．亞伯特

P.S. 希望您是滴酒不沾的人。酒精對肝臟是有害無益的。

〈星期二〉

親愛的長腿叔叔：

我改名了。大學的名冊上雖然寫著朱麗莎，可是每個人都叫我「朱蒂」。因為舌頭轉不過來的佛萊迪．柏金斯總是這麼叫我。

如果里貝特院長在替小嬰兒取名時，能多加考慮一些再作決定就好了。

我的姓就是從電話簿裡找的。第一頁不是有亞伯特（Albert）嗎？至於名字則更是就地取材了。我的名字可能是因為她曾在墓碑上看過刻有這個名字，所以就拿來用。實在太令人難以忍受，還是「朱蒂」比較好。

這個有點嬌滴滴的名字，是和我類型完全不同的女孩兒名。那種有著一雙藍眼珠，被大家當成掌上明珠，從小就被寵壞的大小姐。真的是這樣多好呀，就這樣被捧著過日子一定很有趣——從今以後請叫我——朱蒂。（晚餐的鐘響了，就此擱筆。）

〈星期五〉

怎麼樣？國文老師說我的作文有很不錯的獨創性。老師真的這麼講哦！可能嗎？對於一個受了十八年孤兒院教育的我來說。約翰・葛利亞孤兒院（如您所知）是一個會把九十七個孤兒全部當成一個模子的地方。

我優異的繪畫才能，則是從很小很小時，在柴屋的門上臨摹里貝特院長的塗鴉中，逐漸發展出來的。

這樣子說自己小時候的壞話，您不會生氣吧。可是如果您覺得我太過任性時，可以隨時斷絕給我的一切援助。說這種事是不是不太好呢？

大學裡最頭痛的不是用功的時候，是「遊戲時間」。大夥兒在談的到底是什麼事，我一點也聽不懂。他們說的事，好像是除了我之外誰都曉得，而且還是跟過去發生過的「歷史事件」有關連呢。所以，我覺得自己簡直像個「外國人」。

這種感覺實在很悲慘。以前也曾發生過這種事情。高中時代，班上的同學都分成一小堆一小堆的，對我議論紛紛。大家也理所當然地把我當成外星來的異類，好像是在我的臉上就寫著「約翰・葛利亞孤兒院」一樣。於是每個靠近跟我說話的人，總是一副鄭重其事的態度。然而，我還是很討厭他們；特別是那些同情我的人。

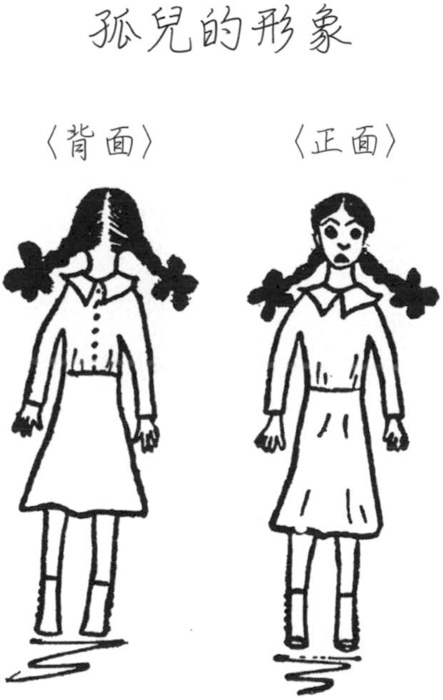

但是，在這裡沒有人知道我是孤兒院長大的。我告訴莎莉說我的雙親都逝世了，是一位好心的老紳士讓我進大學唸書——真的是這樣嘛。雖然不希望被您認為是一個卑鄙的人，我真的只想和別人一樣；和別人大不相同的地方，就只是浮顯在我腦海裡對孤兒院的回憶罷了！

假如連這個令人厭惡的回憶也能忘掉的話，我就可以和別人一樣，做一個大家都喜歡的女孩兒了。除此之外，就沒有根本的差異了。

反正，莎莉·瑪格布萊德很喜歡我就是了。

（不再是朱麗莎的）朱蒂·亞伯特敬上

〈星期六　早晨〉

再一次讀過這封信後，心情非常低落——在下星期一之前要交作業，還要複習幾何；特別是請您了解，我感冒了。

十月二十五日

親愛的長腿叔叔：

我加入藍球隊了。真想讓您看看我左邊肩膀上的淤血，一塊有著青紫色、茶色又略帶黃橙色的小島。茱莉亞也想加入球隊，但是被拒絕了。萬歲！

就像這樣子，我是一個卑鄙的小人。

大學愈來愈好玩。朋友及老師們、上課及校園，連食物我統統都很喜歡。每個星期還有兩次冰淇淋點心，從來不會出現玉米粥。

雖然當初您希望我每個月寫一次信給您，但是我的信三天不到就硬塞給您。實在是在這兒的新奇冒險太令人興奮，無論如何一定要告訴別人；而我認識的人只有您。

請您原諒我的多話，我不久之後一定會冷靜下來。要是您覺得我的信太囉嗦了，就請把它扔進垃圾桶吧！

下次再寫信給您，大概要到十一月中旬了。

多嘴的　朱蒂·亞伯特

十一月十五日

親愛的長腿叔叔：

我還沒有告訴您衣服的事情吧？我現在擁有六件衣服，每件都是嶄新的，而且是專為我才買的——不是年紀大的人傳下來的二手貨。您一定能理解，對孤兒來說，這是多麼美好的事！這全部都是您賜給我的，非常非常的感激。雖然受教育是很棒的，但仍不能和擁有六件洋裝的幸福感相比。這些洋裝都是普里·查德先生替我挑選的，幸好不是里貝特院長選的。

粉紅色的絲質晚禮服（一穿上這件我就馬上變得很漂亮）、上教堂用的藍色洋裝，然後是參加茶會時穿的，有東方味道領飾的紅色紗質洋裝（這件使我看起來有點像吉普賽人），另外還有玫瑰色的洋裝以及一套灰色的外出服和平時在學校時穿的衣服。也許對茱莉亞·班頓而言，這些根本是微不足道的東西，但是對朱蒂·亞伯特的意義，則……實在是無法形容。

你一定會奇怪，怎麼會有這麼愛大驚小怪的小孩吧！然後——就可能認為給女孩子接受教育是不是太浪費了？可是，我想，如果打從您一出生就一直穿著厚厚的絨布格子服的話，就能理解我的心情了。

比起穿格子布的時代，我更覺得高中時代是悲慘的回憶。

那個慈善箱！

穿上回收箱子裡的衣服到學校去上課，說多討厭就有多討厭！我想您是不會知道的。我一定是剛好坐在這件衣服前任主人的隔壁。看著別的同學竊竊私語，暗地偷笑，對我的衣服指指點點。即使從今以後都穿著絲質的襪子，那種心中的傷痕，仍然是無法消除的。

〈戰況．現場報導〉

時間是十一月十三日的第四回衛兵換守時

漢尼拔將軍衝破羅馬軍隊的前線，帶領卡爾達喀軍團翻山越嶺，來到卡西利納姆平原。羅馬軍遭受重大損傷，並被擊退。

前線報導人　J．亞伯特

P.S.

雖然我知道您不會寫回信給我，但是唯獨這件事請您一定要回信。叔叔的年齡是不是很大很大？或者只是年紀大一點而已呢？另外，頭髮是全部都光溜溜的呢，還是只禿一點點而已呢？

實在是很難用幾何的定義來思考這件事。期待您的回音！

十二月十九日

親愛的長腿叔叔：

您還是沒有回信給我。這是很重要的呢！

叔叔是否禿頭？

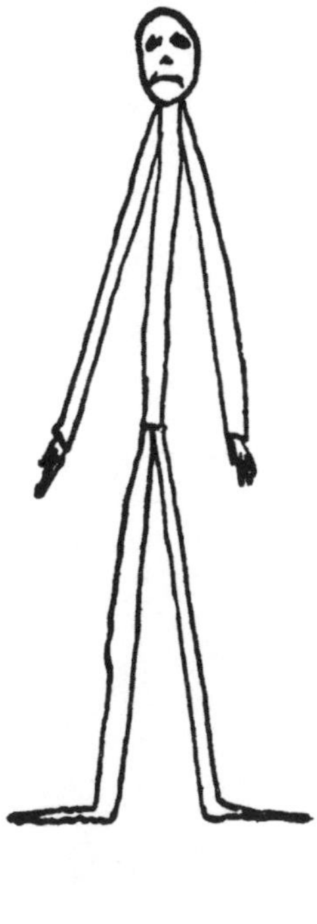

我試著畫出了您的模樣。只是一畫到頭部就畫不下去了。白髮？黑髮？泛白？還是光禿禿的？實在拿不定主意！這張是叔叔的畫像，但是問題出在加上頭髮是否妥當？您的眼睛是灰色的，有著濃密的睫毛

（叫做毛毛蟲睫毛），嘴巴的形狀是乀字。您瞧，我知道得很清楚吧！您應該不是個愛發脾氣的叔叔吧？（做禮拜的鐘聲響了。）

〈晚上九時四十五分〉

我替自己訂了一個新規定。那就是不管隔日早上有再多的考試，晚上絕對不準備；取而代之的是唸些簡單的書，我不得不如此做！您也知道的，這十八年來我一直是一片空白！

像是自己的家、朋友、唸書和圖書館——任何女孩子都自然而然知道的一些事情，我根本毫無所知。《鵝媽媽》（英國童話集）、《塊肉餘生記》（狄更斯的小說）、《灰姑娘》、《藍鬍子》、《羅賓漢大盜》、《簡愛》、《愛麗絲夢遊仙境》等等，全都沒看過；連亨利八世國王結過兩次以上的婚、雪萊是詩人、人類從前是猴子、伊甸園是很美的神話，我也不曉得。

另外，〈R．L．S〉指的是羅伯特．路易斯．史蒂文生、喬治．艾略特（即瑪麗．安妮．艾凡斯）是位女性，我都不知道。「蒙娜麗莎」的畫像我也沒看過，（這是真的，您大概不相信！）福爾摩斯的大名我也未曾聽過。

不過，我現在都已經知道了，而且我也熟悉了許多別的東西。可是，為了趕上大家，我必須一個勁兒地硬塞。然而，我覺得再沒有比這件事更快樂的了。我整天引頸以待，等著夜晚的來臨。一到了晚上，便在房門上掛上「讀書中」的牌子。穿上毛皮製的漂亮拖鞋、紅色睡衣，將所有的坐墊疊在長沙發椅上，另外在把手的地方放上一盞檯燈，就斜躺在沙發上盡情地閱讀。

我不是一次只讀一本書，而是四本書同時進行。目前正在讀丁尼生的詩《虛榮的城市》、吉卜林的《高原故事》，還有一本……請不要取笑我，那是《小婦人》。在這所女子大學中，沒讀過《小婦人》的似乎只有我一個人；所以，這件事不能透露給別人知道，否則我會被扣上「怪物」的帽子。這本書是我從上個月的零用錢中挪出一元十二分錢偷偷買的。下次有人再提到酸橙泡菜時，我就曉得她在說什麼了。（十點的鐘響了，這封信斷斷續續地才完成。）

〈星期六〉

敬啓者：

在這裡向您報告我在幾何學世界中所進行的新研究，覺得非常榮幸。上個禮拜五，我們學的平衡六面體終於告一段落，開始進入截頭三角柱的章節。我覺得前途多舛。

〈星期天〉

因為聖誕節的假期從下個禮拜開始，所以走廊上已經被行李堆放得走不通了。有一位從德州來的一年級生已經決定留在學校，所以我們兩個人打算要去遠足；如果湖面結冰的話，還可以溜冰呢！書必須繼續看，我計畫要充分的利用這整整三個星期的假期！

就此停筆，祝福您。

朱蒂

F.S 請別忘了回答我的幾個問題。如果您認為寫信很麻煩的話，請叫秘書打電報過來。

這樣寫就可以了：史密斯先生頭非常禿

或——

史密斯先生沒有禿頭

或——

史密斯先生有白頭髮

電報費二十五分，可以從我的零用錢中扣除。

到一月時再見，聖誕節快樂！

〈耶誕假期接近尾聲的某一天〉

親愛的長腿叔叔：

叔叔住的地方也下著雪嗎？我住的這兒可全是一片銀色世界了。

您給了我五枚金幣。我從來沒收到過聖誕禮物，所以嚇了一跳。過去已經給我很多了，怎麼好意思再收這份厚禮呢。可是我真的很高興，讓我告訴您這些錢的用途吧。

一、有皮套子的銀錶。戴在手上，上課不會遲到。

二、馬修·阿諾德（英國詩人，一八二二～一八八八年）的詩集。

三、熱水袋。

四、蓋膝蓋用的毛毯。（我住的宿舍很寒冷）

五、黃色稿紙五百張。（馬上就要開始作家生涯）

六、字典。（適合作家使用的）

七、（我不知道是否應該告訴您這件東西）一雙絲質的襪子。

好了，叔叔，別再說我沒有告訴您全部的事了。

我想要絲襪的動機實在微不足道。茱莉亞到我房間來，把腳放上躺椅上坐著；這個時候，一定穿著絲襪把腳放在她的躺椅上。我很無聊吧！但是，至少我坦坦白白地告訴您了。你一定知道我在孤兒院輝煌的紀錄吧。

這七件禮物都裝在箱子裡，當做是從我在加州的家寄給我的——爸爸送的是錶，毛毯是媽媽給的，祖母則送我熱水袋，弟弟哈利送的是稿紙，姊姊伊莎貝是絲襪，蘇珊外婆送我詩集，哈利爺爺則給我字典。

您不會拒絕扮演我所有家人的角色吧！

接著報告我的耶誕假期。

從德州來的同學叫做雷奧諾拉・芬頓。（就像朱麗莎一樣，是個怪名字。）雖然不像莎莉・瑪格布萊德那樣，但是我也很喜歡她。

雷奧諾拉、我和兩個二年級生，天氣好時每天都在鄉村小路散步、探探小險。穿著短裙、毛衣，再戴個運動帽，然後拿著亮晶晶的小手杖散步。

有一次還走到一公里半以外的小鎮，到一家大學生常去的餐廳，叫了烤明蝦（三十五分錢），和淋上楓糖汁的蛋糕甜點，便宜又很營養。

一切一切都太有趣了；特別是對我而言，簡直太神奇了。這兒和孤兒院有著天壤之別。每回走出校園，那種感覺就像囚犯從監牢脫逃出來似的；彷彿一不留神就會有人問我「什麼事那麼稀奇呀！」秘密好像就快要被揭穿似的，令我不由得慌慌張張的。

上星期五，佛格森宿舍的舍監為其他留在宿舍的同學舉辦了一個點心餐會，集合一到四年級的學生共廿二人。大廚師帶了廿二人份的白帽及圍裙來，我們立刻搖身一變，成了小廚師。

小點心做得並不成功，我們渾身上下、廚房和門都被麵粉弄得黏答答後，穿著圍裙，每個人一手拿叉、一手拿煎鍋，列隊朝

辦公室出發。

辦公室的五、六位老師靜靜地度過了黃昏。

我們唱了校歌，把點心獻給老師。

您瞧，我們的教育很進步吧！您是否覺得栽培我成為畫家要比作家好呢？

假期還剩兩天就結束了。真高興馬上就可以見到同學了。

已經寫了十一張信紙了，您不會看得不耐煩吧！本來只是想簡短地向您致謝，沒想到一下筆就停不了了。

就此告別！謝謝您替我設想的一切。雖然有點擔心二月份的考試，但是我還是好幸福噢！

充滿愛的　朱蒂敬上

P.S.

「充滿愛的」這句話也許很不禮貌。如果是那樣的話，請原諒。可是，我不得不愛某人。我只認識叔叔和里貝特女士。所以，假使您不喜歡的話，也希望您能忍耐；因為我實在無法去愛里貝特女士。

〈考試前夕〉

親愛的長腿叔叔：

您真的應該來看看學校現在上上下下唷書的樣子，我們甚至忘了不久前曾經有聖誕節假期這檔子事了。

要把五十七個不規則動詞，在四天之內硬塞進腦袋瓜。拜託、拜託！到考試之前，千萬不要忘記了。

茱莉亞今天晚上到房間來玩，整整待了一小時，談的全都是她家裡的事。她還想知道我母親未出嫁前的姓氏——怎麼可以對一個從孤兒院來的人問這種沒禮貌的問題嘛！在受創的心靈之下，我信口說了蒙哥馬利。誰知道茱莉亞竟接著問我，是麻塞諸塞州的蒙哥馬利，還是維吉尼亞州的蒙哥馬利？

聽說茱莉亞的母親是拉撒弗德家族的人。這個家族據說當年是乘坐諾亞方舟來的，而且跟亨利八世還是親戚呢！

這麼說的話，她父親的祖先鐵定要比亞當還更古老囉！茱莉亞的祖先一定長著如絲般美麗的毛髮，還特別拖著一條長長的尾巴——鐵定是猴子先生無疑。

今天晚上本來想寫一些好玩的事，可是我好睏——而且還有令人擔心的事。反正一年級就是這麼一回事。

考試前的　朱蒂·亞伯特

〈星期天〉

仁慈的長腿叔叔：

我必須向您報告一件非常壞的消息！但那件事待會兒再談，先讓叔叔您高興一下。

朱麗莎·亞伯特終於邁向了作家的第一步。我寫了一首詩，題目是《寫自我的宿舍》，登在二月號的校刊上，而且是在第一頁。對一年級生而言，真是一件光榮的事。昨天晚上做完禮拜，在歸途中被英語老師叫住，他讚美我的詩寫得很好，但第六行的韻腳太多。叔叔您如果想看的話，我就把校刊寄給您。

讓我想想看，還有沒有什麼令人愉快的話題。啊！對了，我現在正在學溜冰，沒有人幫忙也能夠溜得很好。這令我想起，我曾經從體育館的屋頂沿著繩子滑下來；而且我也能夠跳越過三呎六吋的橫竿，我還想在短期間之內刷新一公尺二十公分的記錄。

今天早上，阿拉巴馬州的牧師為我們佈道，聽後讓我覺得非常感動。講題是「你們不要論斷人，免得你們被論斷。」其要點就是要寬恕別人的過錯，不要用嚴厲的態度指責別人，免得使他意志消沈。我非常希望叔叔也能聽到這段話。

今天的太陽很刺眼，在這冬天的午後，從冰柱般的樅樹滴下亮晶晶的水滴，整個大地都被雪所覆蓋。但我卻不同，我是被憂愁所覆蓋。

終於要向您報告那件壞消息——

提起勇氣吧！朱蒂！——因為無論如何，都必須向您報告。

希望叔叔您的心情還是很好。

我數學和拉丁語的考試不及格。我現在正在接受這兩科的個別輔導，準備下個月參加補考。叔叔您如果對我覺得失望，我向您說對不起。但我自己一點也不在乎，因為我讀了許多課外讀物，計有十七冊小說和一大堆詩，都是些有用的小說，如《虛榮的城市》、《李察·菲貝雷》、《愛麗絲夢遊記》，另外還有愛默生的《散文集》、羅克哈特的《史考特的一生》、吉朋的《羅馬帝國衰亡史》第一卷。還有本韋奴特·卻利尼的《自傳》（編按·義大利文藝復興時的金匠、畫家、雕塑家、戰士和音樂家）已讀到一半。您認為他是不是一個很有意思的人？他曾在早餐前

—這個月的新聞報導—

朱蒂在學溜冰
跳高的朱蒂
腳不知要
擺在哪？
沿著繩子滑下來
收到不及格的通知
淚下如雨
保證一定
用功讀書

出門散步，無意間殺了人。

所以嘛，我與其死抱著拉丁語不放，不如做個知識淵博的人。我保證不會再不及格，這次能不能原諒我？

深自悔改的　朱蒂敬上

長腿叔叔：

現在才月中，但今天晚上覺得很寂寞，所以臨時寫這封信給您。屋外下著暴風雪，大雪使勁地颳著我住的宿舍。校內的燈全都熄掉，我因為喝了一杯不加牛乳的咖啡，所以睡不著。

請了莎莉、茱莉亞和雷奧諾拉．芬頓來吃晚餐——油漬沙丁魚、烤小鬆餅、沙拉盤、巧克力牛奶味道的蛋糕和咖啡。茱莉亞只說了聲：「很愉快的晚餐。」莎莉連盤子都幫我洗。這樣的夜晚，如果不唸拉丁文多好，我真是大懶蟲一條。

叔叔暫時當我的奶奶好不好？莎莉有一個奶奶、茱莉亞有兩個，整個晚上大家都拿奶奶的事比來比去。我好想好想有個奶奶——事情是這樣的，昨天在鎮上看到一頂有茶色緞帶花邊的帽子，我想把它當作奶奶八十三歲的生日禮物，送給您。

噹！噹！噹…………教堂的鐘敲十二下了，要睡了。

晚安，奶奶。

衷心愛您的　朱蒂

三月十五日

親愛的長腿叔叔：

我現在正在唸拉丁文習作。已經看好久了，等會兒還要繼續奮戰下去呢！補考在下禮拜二的第七堂課舉行，萬一再不及格，就只有「留級」一條路了。不知道下一封給您的信上是滿載及格的喜悅，或是灰沈沈的短短兩三句感傷之言。

總之，時間一到，就會揭曉了。

只要考試一結束，我會好好寫封信的。

今天晚上由於手邊離不開拉丁文，只好請您原諒。

恭敬呈上。

J．A

三月二十六日

親愛的長腿叔叔：

反正是不管我問您什麼，您都不會回答我的；甚至根本一點也不關心我的所作所為。您大概是在那些討厭的董事中，特別令人討厭的一位吧。所以即使是讓我上學，也不是因為真正關心我，而是略盡一些所謂仁義道德吧。

關於您的一切，我根本毫無所知，連姓名也不知道。我覺得我好像寫信給一個黑漆漆的影子先生，根本連想像都無法想像。我也知道我所寫的每一封信、每一個字，您根本不屑過目，只是讓字紙簍多添一些垃圾罷了。所以，我打算從現在開始，寄給您的信將只報告我上課的情形。

拉丁文和幾何的補考已在上星期考完，兩科都及格了。

朱麗莎．亞伯特

四月二日

親愛的長腿叔叔：

自己一點也沒注意到，突然間就染了腮腺炎（編按・俗稱豬頭皮炎）、感冒，還有其他各種怪病。為此，在病房整整待了六天。

我現在就像這幅畫，包著繃帶，頭上還打個像兔寶寶耳朵的結。叔叔一定也覺得很可愛吧！就為了染上流行性腮腺炎才腫成這個模樣。

我起床太久，就會全身軟綿綿的。

朱蒂・亞伯特

四月四日　病房

親愛的長腿叔叔：

昨天黃昏，天色就要變暗時，我從床上起來，凝視著不停歇的雨，突然感到活下去很無趣。這時，護士小姐拿來一個長方形的白色盒子給我，裡面竟裝滿了粉紅色的玫瑰花苞。更令人振奮的是有一封親切溫馨的信函。叔叔！真的太感謝您了。

叔叔送我的花，是我出生至今第一次收到的真正禮物。您都不曉得我多像個小孩，高興得不知不覺地流著淚睡著了。

我現在知道叔叔有在看我的信了，從今天起，我寫的信一定是會讓您用紅色緞帶綁著，收在保險櫃珍藏的信。

謝謝您以寬宏大量的心來看待這個生著重病，心情晦暗、悲慘的一年級新生。

叔叔，再見！知道您是那麼好的一位長者，我不會再追問任何問題。

叔叔，還是討厭女生嗎？

永遠不變的　朱蒂

〈星期一　上第八堂課時〉

長腿叔叔：

叔叔應該不是那位曾經坐到蟾蜍的董事先生吧。雖然我是在事後才聽到整個過程，由於那隻大青蛙完美無缺地「碰」一聲就……因此，我認定一定是比叔叔更胖的人坐到的。

叔叔還記得在約翰．葛利亞孤兒院的洗衣場窗戶外，有一間嵌著鐵柵欄臨時搭建的小屋吧。每年只要春天一來，便是蟾蜍從蛋裡孵出來的時候，我們就會把所有的小青蛙抓來，放在小屋窗邊的溝縫中。這麼一來，那些小青蛙就會一隻一隻的跳到洗衣場來，於是，我們便會有一個非常熱鬧愉快的一天。儘管因為這件事，我們曾遭到很嚴厲的處罰與責罵，但是所有的小朋友都樂此不疲。

而且有一天——詳細情節請容我省略——反正就是有一隻最胖最大的，看起來水分充足的特大號蟾蜍，竟然出現在董事先生的房間裡，而且還很從容地「坐」在董事先生的椅子上。然後，就在當天下午的董事會議時——我想當時叔叔應該也在場，接著發生的事就由您去回憶了。

在過了這麼久之後，再回首想想過去的故事，覺得受罰是理所當然的——如果只根據我的記憶——好像那個處罰也滿合理的。

自己並不了解為何會突然之間這麼懷念以前的時光，也許是因為春天又來了，青蛙又會再度出現，而從前那種收集青蛙的本能又甦醒了也說不定。雖然這個大學並沒有明文禁止收集青蛙的規定，但是我卻不再收集青蛙了，可能是因為沒有值得收集的理由了吧。

〈星期四　從聖堂回來後〉

猜猜我最喜歡的書是什麼，每隔三天就會改一次——現在是《咆哮山莊》。

艾密莉·勃朗特（十九世紀英國的女小說家、詩人）寫這本書時，非常年輕，不曾踏出家門一步，出生以後也沒有和男性朋友交往過，為什麼能想像出希斯克里夫（編按：《咆哮山莊》中的男主角）這樣的人？

我可就不行了。我也很年輕，除了約翰·葛利亞孤兒院外——那兒也沒去過——所以，我應該也會出名的。如果我無法成為大作家，叔叔一定會很失望。

啊！啊！啊…………

聽到慘叫聲，莎莉、茱莉亞和走廊那邊的四年級生都跑過來了。都是下面畫的那隻蜈蚣引起的。

寫完最後一行，在想接著要寫什麼時——啪嗒——這個東西掉在我的旁邊。我在倉皇逃命時，還碰掉了圓桌上的兩個茶杯。莎莉毫不猶豫，抓起髮梳的背面就打——那把梳子看來也完蛋了——蜈蚣的前半部是殺死了，剩下的一半用五十隻腳逃到衣櫥下面去了。

這棟宿舍很老舊了，牆壁上爬滿了長春藤，蜈蚣多得很——令人噁心的動物。我倒希望從床下爬出來的是老虎，不是蜈蚣。

容後再敘！

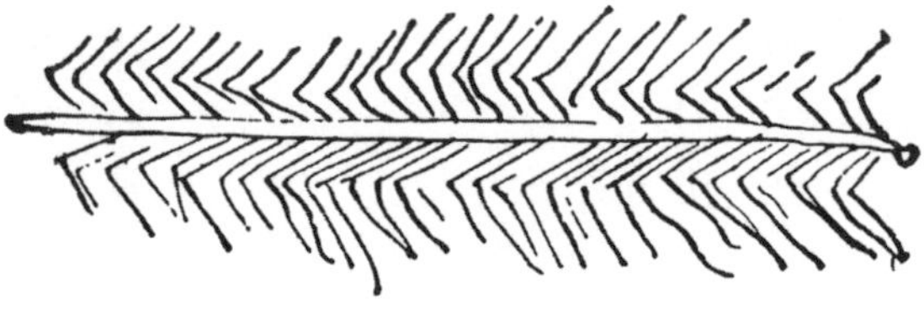

〈星期五　晚上九點三十分〉

今天是個諸事不順的日子。今天早上，我沒有聽到起床的鐘聲。接著在我十萬火急換衣服時，鞋帶竟斷了，而且領襟的扣子還從脖子掉到衣服裡面去。結果非但趕不上朝會，連第一節課也來不及上。

忘了帶吸墨紙、鋼筆的墨水也一直漏。上三角函數時，只不過因為一個小小的函數問題，和老師爭個半天。後來仔細一查，才發現原來是自己記錯了。

午餐是燜羊肉和大黃派（大黃，原產中國的植物）——兩樣都是我最最討厭的菜，它們的味道就像是孤兒院。

以為有信，結果全是帳單。（本來我就不會有其他的信，因為我的家人並不是那種會寫信給我的家人。）

下午上英文課時，竟冷不防地舉行筆記考試。這就是題目——

除此之外，我別無所求；
其它所有，我來者不拒。

如果可以，我願獻上一命！

掌握權力的商人微笑著——

「是巴西？」他看也不看我一眼，

邊玩弄鈕扣、邊對我說著：

「女士，今天還想不想

看些別的東西呢？」

就是這種詩句。誰寫的、什麼意思我根本都莫宰羊。不知道是誰抄在黑板上的，要我們在進入教室後，解釋它們的意思。

看了看第一節後，本來以為可以「啊！原來如此。」的大概了解——所謂掌握權力的商人，指的應該是賜恩惠給行善者的上帝吧。可是再念到第二節的玩弄鈕扣的他時，又覺得如此一來，不是會污穢上帝之名了嗎？才又慌慌張張的換另一個方向去想。

班上的人也和我一樣，全被這題目搞得昏頭轉向的。於是，全班就都面對著一張什麼也沒寫的答案紙，托著像白紙一樣空白的腦袋瓜，整整地坐了四十五分鐘。

其實受教育的過程中，還真的不得不經過像這樣難以越過的難關呢？

可是，事情並非到此便告太平，更讓人受不了的還在後頭虎視眈眈呢！

由於雨實在太大了，我們沒法上高爾夫球課，就到體育館去。沒想到我旁邊的人好像是非常痛恨體操棒似的，竟打到我的膝蓋。

回到宿舍後，新的春裝裝在箱子裡運到了。一經試穿，沒想到裙子緊得連坐都坐不下去。因為星期五是清潔日，女傭竟把我寫好放在書桌上的東西全部弄濕了。甜點嚐起來就像石頭。像往常一樣，禮拜都要拖延個二十分鐘，而且還是個「如何像個淑女」的說教。

本來以為在一天的最後總算可以鬆口氣，正想要唸《一位婦人的畫像》（美國作家亨利・詹姆斯的作品）時，沒想到竟來了一位叫做亞卡莉、一點也不幽默、笨頭笨腦又愛囉嗦的人。

唉！她的名字開頭也有A，（如果里貝特院長能夠多仁慈一點，把我的名字取作Z開頭的查普莉絲琪就好了。）而且上拉丁文時還坐在我隔壁。只不過因為想知道星期一上課是從六十九頁開始，還是從七十頁開始，竟可以在我房間耗上一個小時。她剛剛才離開呢！

就這樣一件接著一件，盡是令人洩氣的事情，我實在不知道該怎麼辦了！

在這個世界上，真正需要力氣時，並不只是在碰到像是人生的大問題，需要思考的時刻。你想想看，即使真的面臨重要關頭，只要一鼓作氣，大多可以擺脫掉。而且就算遇到傷心事，只要撐一下就可以風平浪靜。

但是，要能夠把每時每刻的無聊瑣事一笑置之！

那才真的是需要非比尋常的毅力與勇氣。

我剛剛講的事也是從現在起我努力的方向。我認為人生應該要克盡全力，就像是一場必須放手一搏的遊戲。就算是不幸輸了，只要聳聳肩笑一笑就沒事了——即使是僥倖贏了也一樣。

總之，我絕不會做一個弱者。叔叔，您絕不會再聽到——因為「茱莉亞穿絲襪子」，或是因為「蜈蚣從牆上掉下來」等等，諸如此類的搪塞藉口了。

期待您的回音。

朱蒂

五月二十七日

親愛的長腿叔叔：

我收到里貝特院長的來信，在信中要我守規矩和好好唸書。還說，既然暑假裡沒地方去的話，就回到孤兒院去替自己賺取暑假的伙食費。

我最痛恨約翰・葛利亞孤兒院了！

如果要我回去！

我寧願死掉算了。

朱麗莎・亞伯特　敬上

長腿叔叔：

叔叔真是太棒了！

我好高興知道農場的事。我還沒去過農場呢！要我回到孤兒院，洗盤子洗一整個夏天，我才不幹。如果回去的話，就會發生恐怖的事。我已經不像以前那樣小心謹慎，搞不好會把孤兒院所有的碗盤全給打破呢！

信寫得太簡短了，很抱歉。因為現在是法文課，所以沒法告訴您我的近況——我老是覺得老師下一個就會叫到我。

哇！果然中獎了！

就此停筆。

衷心愛您的　朱蒂

五月三十日

親愛的長腿叔叔：

叔叔看過這兒的校園嗎。一到五月彷彿成了天堂，樹上長滿葉、開滿了花，綠油油的草地上點綴著蒲公英黃色的花以及穿著藍色、粉紅色、白色洋裝的少女們。每個人都悠悠閒閒的，誰也不管放假、考試的事。

會有這麼幸運的事嗎？而我又是其中最幸運的。

再也不用待在孤兒院了，再也不必照顧小孩、打字及管帳了。

（要不是有叔叔的話，我還在做這些事呢！）

我打算告訴您一些校園的事。如果叔叔能翩然出現，我將親身為您介紹校園：「那邊是圖書館，在這邊的是瓦斯裝置，在您右邊這棟哥特式建築是體育館……」

對於做導遊，我可是很在行噢！在孤兒院就一直做這件差事，今天在這邊也做了一天的嚮導。而且是一位男士哦！

我以前從沒和男士說過話。（除了那些董事，不過這得另當別論。）叔叔，對不起哦！我並不把您當成他們之中的一分子。

叔叔一定是一不小心才會變成那些董事的同黨。董事們都肥肥的，看起來很了不起的樣子，其實都很冷漠。他們都是用戴著金鏈子錶的手摸摸孤兒的頭。

您瞧，都成金龜子了，這是除了叔叔以外那些董事的肖像——言歸正傳——

今天我和那位男士散步、聊天，還一起喝了茶。很棒的一位先生！茱莉亞家族中有一位叫做查比斯．班頓的成員，是茱莉亞的叔叔。（和叔叔一樣是個高個子。）

他有事到鎮上來，順道到學校和姪女會面。茱莉亞和他並不太熟，查比斯先生只在茱莉亞還是小嬰兒時見過她一次面而已。

那位先生很有禮貌地放好帽子、手杖及皮包後，坐在會客室裡。茱莉亞和莎莉第七堂都有課，所以只好由我在這段時間內擔任校園導遊。

本來我並不怎麼樂意，因為我對班頓家的人沒有

多少好感。

出人意料地，他竟然是一位十分親切的人。一點也不像班頓家人的作風，是一個道道地地的「人類」。我也想要有一個叔叔！叔叔，您可不可以作我真正的叔叔。

班頓先生讓我想到二十年前的叔叔。雖然我沒見過您，但對您可是瞭若指掌呢！

班頓先生長得高高瘦瘦的，有張略帶黝黑的臉，嘴角稍微上揚，帶著微笑。給人的感覺彷彿很久以前就認識似的，是非常親切的一個人。

我們從中庭走到操場，逛遍了所有地方。

走累了，「到餐廳去吧！」他就說。

於是，我們兩個人就在露台的桌子旁坐著，點了紅茶、小鬆餅、橘皮果醬、冰淇淋和點心。剛好碰到月底，大家的零用錢所剩無多，所以空無一人。

我們度過了很愉快的時光。班頓先生因為要趕火車，沒能見著茱莉亞。茱莉亞對我搶走班頓先生大為光火。好像是很有錢而且很不錯的叔叔。一聽到是有錢人時，我才放下心來。因為剛剛喝茶，一個人就要六十分錢呢！

今天早上，三盒限時專送的巧克力分別送給茱莉亞、莎莉以及我。收到男士送的巧克力，不知您有何想法。

我覺得我不再是孤兒，而是哪家的千金小姐。

叔叔什麼時候才會來呢，跟我一起喝茶，讓我看一看是不是我喜歡的那類人？可是，如果不是的話就糟了；但是我相信叔叔一定是我喜歡的那一型。

讓我恭恭敬敬地說聲——

「我決不會忘了叔叔！」

朱蒂

P.S.

今天早上照鏡子時，發現新的酒窩。

真不可思議！是從哪兒長出來的呢？

六月九日

親愛的長腿叔叔：

快樂的一天，終於考完最後一科——生理學！

接下來，就是農場的三個月。

我不知道農場到底長得像什麼樣子。從來沒去過，也未曾見過（從車窗看到的不算）。我想我一定會喜歡的，而且能自由自在地玩。

至今仍未能適應我已經是在孤兒院外的心情，彷彿隨時隨地都覺得里貝特院長要來把我帶回去似的，一邊顫抖著，不得不趕快逃跑。

這個夏天可以不必在意任何人，真好！

我覺得我完完全全變成大人了，萬歲！

從現在起要準備行李，三個箱子裡要塞滿水壺、盤子、抱枕及我的書。

再見了！

朱蒂

P.S. 隨信附上生理學試題。

讓叔叔做的話，能不能及格？

〈洛克威勒農場週末夜晚〉

給最喜歡的長腿叔叔：

剛剛才到達此地，行李還原封未動。我想早點告訴您我是多麼喜歡這個農場，太棒了！簡直像是天堂。家一定就像這樣，四四方方，而且古意盎然。

少說也有一百年吧！由於兩邊都有陽台，所以畫得不是很好。像羽毛的那棵是楓樹，通到大門路上兩旁刺刺的那些是松樹和鐵杉樹。這個家位於山坡上，越過好幾公里廣闊的牧場，好像還綿延了幾個山坡才到盡頭。康乃迪克州的地形屬於波浪的山坡地，洛克威勒農場就位於山坡上。

農場有辛普爾夫婦、女傭和兩個雇來的工人。女傭和工人在廚房吃飯，辛普爾夫婦和朱蒂則在餐廳用膳。晚餐有火腿蛋、餅乾、蜂蜜、果凍蛋糕、派、泡菜以及起司，還有紅茶。晚餐是在談話中進行的。我從來都不知道自己可以使別人那麼快樂，好像我說的每句話都很有趣似的。可能因為我是初次到農場來，所以我說的話才會那麼與眾不同吧。

圖中畫「×」的地方，可不是某人被殺死的地點。那是我的房間所在的位置，格局方正，大大的房間裡擺設著很棒的舊傢具。窗子要用木棍撐開，還裝飾著金線的古老綠色窗簾。除此之外，還有一張很大的桃花心木的桌子。我計畫在這張桌子上埋首苦幹，花整個夏天用來寫小說。

叔叔，我好興奮噢！好想到處看看，一直在等天亮呢！現在是晚上八點三十分，我正打算要吹熄蠟燭，上床睡覺。在這兒大家都五點起床。真有這麼快活的事嗎？這真的是朱蒂嗎？叔叔與上帝真的是給我太多了。為了要報答您們，我一定要成為一個有用的人。一定的！請您拭目以待。

晚安！

朱蒂

P.S.

希望您能聽到青蛙的歌聲及小豬的叫聲。

還想讓您看看新月呢！我看到右肩後面的新月了。

（對著右肩後的新月許願，聽說可以如願以償？）

七月十二日 洛克威勒

長腿叔叔：

為什麼叔叔的秘書知道洛克威勒呢？（我很好奇。）原因是這樣子的——聽說這座農場很早以前屬於查比斯．班頓先生，而且委託曾經是查比斯先生的奶媽，也就是辛普爾太太管理。會有這麼有趣的巧合嗎？

辛普爾太太總是「查比小少爺」的叫著，告訴我他是多麼可愛的娃娃。甚至至今仍將小少爺娃娃時期的毛巾收在箱子裡呢。簡直是疼得太過火了。

一知道我認識查比斯．班頓先生，辛普爾太太的態度馬上顯得更信任我了。在洛克威勒，最有用的介紹信就是熟悉班頓家的人。但是查比一定是班頓家中最偉大的成員——知道茱莉亞這一家是比較不好的一家後，我真高興。

農場越來越有趣了。昨天我還坐上裝滿了乾草的馬車呢！這兒有三隻大豬及九隻小豬。我實在很想讓叔叔看看豬吃東西的地方。

還有很多小雞、鴨子、火雞和珍珠雞。像叔叔這樣的人，明明可以住在農場上，卻特地跑到都市去住，我真不明白。

我的工作是撿雞蛋。昨天還為了想偷偷爬到那隻黑母雞的巢，從穀倉的閣樓上掉下來，把膝蓋擦破了。一回到大房子裡，辛普爾太太馬上用金縷梅葉（止血用的植物）的汁液幫我敷傷口，邊替我包紮邊說：「沒關係、沒關係，查比小少爺也曾經從同一個地方掉了下來，而且跌破膝蓋，一切彷彿像昨天才發生過似的噢！」

我們一個星期要做兩次奶油。牛奶放在冷藏小屋，小河從它的下面流過。小牛有六隻，我都一隻一隻的替牠們取好了名字。

一、**西爾維亞**——因為牠是在森林裡出生的。

二、**雷斯比亞**——取自卡塔拉斯詩中的雷斯比亞。

三、**莎莉**。

四、**茱莉亞**——什麼特徵也沒有，很不守規矩的小牛。

五、**朱蒂**——我的名字。

六、**長腿叔叔**——您不會不高興吧！這隻小牛是純種的喬治亞種，非常溫馴可愛。農場的工作非常忙碌，所以我還沒有時間開始創作我的名著。

我不會畫牛

趕牛回家的素描→

永遠不變的　朱蒂

P.S. ①我學會了甜甜圈的作法耶！

P.S. ②如果叔叔想飼養小雞，一定要養柏夫．奧平頓品種。那種小雞不會有稀鬆的羽毛。

P.S. ③我想把昨天做好的奶油送給叔叔。我已經很會做奶油了。

P.S. ④這是未來的大作家朱麗莎．亞伯特女士趕牛回家的素描。

〈星期天〉

長腿叔叔：

實在是太不可思議了！昨天下午，我正要寫信給叔叔時，才寫完「親愛的長腿叔叔」，突然想起晚餐要做黑草莓，把信放在桌上就跑出去了。結果回來一看，您猜我在信紙上看到什麼了？一隻如假包換的長腿蜘蛛。

我小心翼翼地抓著其中一隻腳，把牠放到窗外去。再怎麼樣都不可以傷害牠，因為看到牠就會想起叔叔。

今早我和辛普爾夫婦坐上載貨的馬車，前往村中的教堂。那是棟非常可愛的木造教堂，正面有尖塔聳立著，圓柱是多利克柱式的。（也許是愛奧尼亞式——我常把這兩種樣式搞混。）

當牧師在傳道時，所有的人都拿著棕櫚扇，一邊搧著風，一邊迷迷糊糊地睡著了。除了牧師的聲音之外，我只聽到教堂外樹上的蟬叫聲。當我快進入夢鄉時，猛一驚醒，趕快站起來和大家一起唱聖歌。但我在唱聖歌時，很後悔沒聽牧師的說教。因為我很想瞭解，到底是什麼樣的人會選這首歌給我們唱。歌詞是這樣的：

來吧，朋友！
拋棄世俗的嬉戲之樂。
與我共享天國的喜悦，
否則，親愛的朋友啊！
我將與你們永別，墜入地獄。

我總覺得辛普爾夫婦很忌諱談論宗教的問題。他們兩人的上帝氣量狹小，不合邏輯，性情乖僻，心眼兒壞，又固執倔強。（他們悄悄地從清教徒的祖先身上，繼承了這位上帝而信仰之。）

我認為不要從任何人身上繼承上帝比較好。我可以自由地選擇自己喜歡的上帝。我的上帝性情溫和、肯關懷別人、富有想像力、寬容大度，又能體諒別人。

而最棒的是，我的上帝懂得幽默。

我很喜歡辛普爾夫婦。他們每天的行為遠比信仰上的理論來得高尚，他們本身比他們的上帝還要優秀；所以，我才會那麼說。可是，他們卻一臉不高興，認為我是褻瀆上帝的人。因此，我決定以後再也不和他們談論神學。

現在是星期日的下午。

男傭亞馬賽打著紫色的領帶，戴著黃色花俏的鹿皮手套，剛刮過的臉露出被太陽曬紅的色調，和女傭凱莉乘著馬車出去。女傭戴著一頂用紅色薔薇裝飾而成的大帽子，穿著藍色的軟棉布料洋裝，頭髮燙得捲捲的。男傭花了一個上午的時間洗車；女傭則以要準備午餐為理由沒有參加禮拜，但這只是她的藉口，真正的原因是她在燙軟棉布的洋裝。

話分兩頭，寫完這封信後，我要開始讀在頂樓找到的書。書名是《追蹤》，封面上有小孩子拙劣的字跡——

如果我把書搞丟的話，
就打我耳光，趕我回家。

——查比斯・班頓

班頓先生十二歲時生了一場病，病後在這裡度過了一個夏天。《追蹤》這本書大概是那時候留下來的，看起來好像讀得很透澈——到處都留有他的小髒手印。另外，在頂樓的角落裡還留著他玩過的水車、風車、弓和箭。

辛普爾太太一看到什麼就會提到「查比小少爺」，彷彿他現在還住在這裡似的。那不是戴著大禮帽、拿著手杖，非常體面的班頓先生，而是爬著樓梯，發出巨大的聲響，紗門打開了就不關，死乞白賴地要吃餅乾的小孩子。（而且必能搶到餅乾，辛普爾太太就是那麼寵愛小孩的人。）我總覺得他是很喜歡冒險的男孩。他是班頓家的人實在很可惜，我認為他應該出生在一個對別人肯付出關懷之心的家庭才對。

從明天開始我們要打麥穀，有一台蒸氣引擎、三名臨時工會來。

有件悲哀的事要向您報告。金鳳花（只剩一支牛角的花牛，是雷斯比亞的母親。）做了不禮貌的事，星期五晚上牠潛入果樹園吃成熟的蘋果，而且大吃特吃，直到頭昏腦脹為止。

牠整整醉了兩天！這是真的，您曾聽過這樣丟臉的事嗎？

愛您的孤兒　朱蒂．亞伯特

P.S.

第一章中出現了美國印第安人，第二章則出現了攔路的強盜。故事非常離奇有趣，使我無暇喘口氣。第三章到底會出現什麼呢？

「我正想紅鷹可以飛到六公尺高時，牠卻突然摔在地上。」

——這是扉頁中圖畫的文字敘述。

朱蒂和查比少爺好像都很快樂吧？

九月十五日

親愛的長腿叔叔：

昨天我到一家名叫『十字路』的雜貨店，用他們量麵粉的秤子量體重，結果胖了四公斤！

讓我推薦洛克威勒農場這個地方，它的確是很好的暑假休養之地。

朱蒂

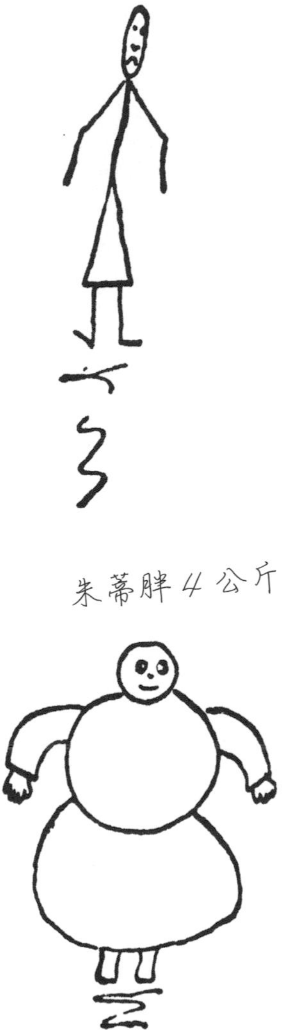

九月二十五日

親愛的長腿叔叔：

總算升上二年級了。我上禮拜五回到學校，雖然對洛克威勒農場依依不捨，但再次看到學校時，覺得很高興。回到熟悉的地方，心情真愉快。此時在校中，覺得好像在自己家裡一樣輕鬆。而且我也開始習慣了大學生活，能夠自由自在地活動。不但如此，我覺得我對社會生活也開始能夠得心應手，置身於充滿人情味的社會中，總算也可以成為其中的一員了。

我現在向叔叔所說的話，您大概無法瞭解吧！像董事那樣重要的人物，應該是無法體會出像我這種沒有價值的孤兒的心情吧！

對了！叔叔您知不知道我現在和誰住在同一間宿舍？是莎莉．瑪格布萊德和茱莉亞．班頓。這是真的哦！我們有一間共用的讀書室和各自擁有一間寢室。瞧！形狀就是這個樣子。

去年春天，莎莉和我向校方要求，希望這年度起住在同一間寢室。但茱莉亞也想和莎莉住在一塊。為什麼她想這麼做，實在難以想像，因為她和莎莉一點相似之處都沒有。可是，班頓家的人天性保守，是厭惡改變現狀型的呀！總之，我們三人就這樣住在一起了。出身於約翰．葛利亞孤兒院的朱麗莎和班頓家的小姐竟然會住在同一間宿舍！不愧是富有民主氣息的國家。

莎莉現在正出馬競選班聯會的會長。按照目前的情勢來看，毫無疑問地必然會當選。您應該來看看我們的政治家風範——充滿著「陰謀」的氣氛。叔叔，說真的，如果讓我們女性獲得參政權的話，你們男性再不好好掌握，可能就會失去你們的主導權！選舉在下個星期六舉行，而不管誰當選，那天晚上我們都要參加手持火炬的遊行。

我這個學期起開始學化學，這是非常奇怪的學科，以前從沒有見過。現在講的是分子和原子，我想，下個月就可以比較明確地與您談談化學的問題。

此外，我們還開始學辯論和邏輯學。

還有世界史、莎士比亞的戲劇以及法語。

像這樣讀個幾年，我大概也能變得比較聰明一點。

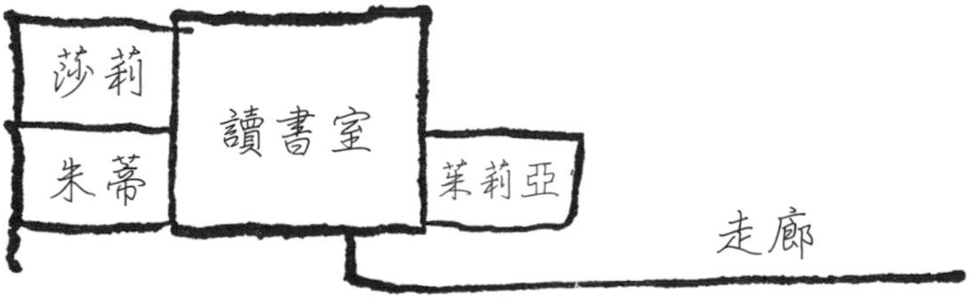

我原想先修經濟學再讀法語，但沒有勇氣這麼做，因為我擔心再不選讀法語的話，法語老師不會讓我及格。坦白說，上次期末考，我差一點就不及格。反正我在高中所讀的那些預備知識，並沒有多大的幫助。

我們班上有人的法語說得和英語一樣流暢。據說，她小時候和父母親去法國，在修道院的附屬學校唸過書。您想像得出來她有多行嗎？不規則動詞對她來講，是輕而易舉的事。我在想，如果我的雙親不把我拋棄在孤兒院，而讓我去法國修道院的話該有多好。啊，算了！如果是那樣的話，我就無法與叔叔認識了。與其懂得法語，不如認識叔叔。

再見，叔叔。我待會兒必須去哈莉特．馬丁的房間。在討論化學的問題後，還要稍微談談下任會長的事。

正從事政治運動的　J．亞伯特

十月十七日

長腿叔叔：

假設體育館中的游泳池內塞滿了檸檬果凍，在池內游泳會浮在表面嗎？還是會沈下去？

今天飯後，在吃檸檬果凍時，談到這個話題。大家都很熱烈地談論，為時長達三十多分鐘，但討論不出一個結果來。莎莉說可以游，可是我認為就算是世界第一流的游泳選手也會沈下去。被檸檬果凍淹死，不是很滑稽嗎？

此外，我們還討論了兩個問題。

第一、八角形房子的房間會是什麼形狀？有人認為是正方形；我認為就像餡餅切開來的形狀。叔叔您認為怎麼樣？

第二、假設這裡有個鏡子做成的球體，而球體是中空的；人坐在裡面的話，反射出來的臉和背會呈什麼樣的形狀？這個問題越想就越糊塗。從這裡您就可以瞭解，我們在空閒的時候，是做些什麼程度深奧的哲學性冥想？

關於選舉的事向您報告過了嗎？雖然只是三週前的事，但因為每天目不暇給，三週前的事，覺得簡直就像一部古代史一樣。莎莉已經當選了，所以我們扛著上面寫著「瑪格布萊德萬歲！」的標語牌，參加手持火炬的遊行。遊行隊伍中還有十四人組成的樂隊。（樂器是口琴三把、梳子形樂器十一架。）

此時，我們成了「二五八室」的重要人物，茱莉亞和我沾了莎莉的光。和會長住在同一間宿舍，在交際上覺得很費神。晚安，叔叔！

您的　朱蒂

十一月十二日

長腿叔叔：

昨天我們比賽籃球，打敗了一年級生，當然覺得很高興；但若能勝過三年級生，叫我全身傷痕纍纍，躺在床上貼著熱敷布一個禮拜也無所謂。

莎莉邀我到她家去度聖誕假期，她家住在麻薩諸塞州的威斯特。

莎莉人真好！

我很樂意去！除了洛克威勒農場之外，我不知道一般家庭的生活是什麼樣子。況且辛普爾家都是大人，又是對上了年紀的夫婦，當然要另當別論了。然而，瑪格布萊德家滿屋子都是小孩（至少有兩、三個），此外還有爸爸、媽媽、祖母以及一隻安哥拉貓，是個非常理想的家庭。把行李箱裝上衣服到某處走走，遠比留在校舍裡快樂得多。

想到這裡，我就非常興奮。

第七堂課我必須去排演，因為我參加了感恩節的戲劇演出。我飾演一位穿著天鵝絨製背心，有著金色捲髮，住在塔裡的王子。是不是很有趣？

J・A

〈星期六〉

您想不想看看我長得像什麼樣子？

這是雷奧諾拉・芬頓幫我們三人拍的照片。

面帶微笑的是莎莉，個子高高板著臉孔的是茱莉亞。

還有，頭髮被風吹到臉上，個子嬌小的是朱蒂！她本人比照片還漂亮，但太陽非常刺眼，眼睛睜不開。

十二月三十一日

長腿叔叔：

本來想早一點寫信給您，感謝您給我的聖誕節支票；但每天在瑪格布萊德家中生活得很快樂，連坐在桌前兩、三分鐘的時間都沒有。

我買了一件晚禮服，並非一定需要，而是我想要。今年只有長腿叔叔送我聖誕節禮物，而我的家人只寄給我——他們對我的愛。

我在莎莉的家中享受了非常愉快的假期。她們的房子蓋在從馬路縮進去的地方，是中古式的、有白色飾邊的磚塊搭建而成的，就是我住在約翰・葛利亞孤兒院時，常在院外看到而想進去一窺究竟的那種房子。我做夢都沒想到，自己也能進來看看，而且還住在裡面！每件事物看起來都是那麼舒適、安穩，讓人有個家的感覺。我從這個房間走到那個房間，任意地觀賞著傢具和室內裝潢。

沒有任何地方比這個家更適合撫育小孩。這裡有微暗的隱蔽處，正好可以玩捉迷藏；有大的火爐可以爆玉米花；下雨的時候，有個頂樓可以跑來跑去；還有滑溜溜的樓梯扶手，從上面滑下去，下面有個平坦而舒適的欄杆小柱。其次還有一間寬敞、向陽的廚房，並且有一位待了十三年的廚師，他經常為小孩子們準備了一把酵母。人很好，胖胖的，老是和和氣氣、笑瞇瞇的。光是看到這樣的家庭，就很想再做一次小孩子。

至於她的家人，我做夢都沒想到世上竟有這樣好的人。莎莉有父母親、祖母，還有三位滿頭可愛捲髮的妹妹和一位常忘了擦鞋子就進門、中等身材的弟弟，以及個子高高、就讀普林斯頓大學三年級的哥哥傑米。

吃飯時實在很愉快。大家一起說說笑笑，而且飯前不祈禱也無所謂。這種每吃一口飯都不必感謝誰的用餐方式，使我覺得非常逍遙自在。（我對上帝確實不禮貌。但如果叔叔您也像我那樣常被命令做義務性的感謝，就會和我有同樣的感受。）

諸如此類的事不勝枚舉，我真不知從何說起。他們家擁有一個工廠，在聖誕夜特地為員工的小孩裝飾了一棵聖誕樹，然後擺在用常綠樹和冬青樹裝飾的細長包裝室內。而傑米則裝扮成聖誕老公公的模樣，莎莉和我則當他的助手分發禮物。

叔叔，那種奇妙的感覺真是筆墨難以形容。就像約翰・葛利亞孤兒院仁慈的董事先生曾做過的一樣，我親了那些可愛的小男孩因為吃糖果而黏糊糊的手或臉。但我不想摸他們的頭，一個也不想。

聖誕節過後兩天，大家為我舉行了一個家庭舞會。這是我有生以來第一次參加的正式舞會——在學校和女同學們跳的舞不算在內。我穿著一件新的白色禮服（那是叔叔送我的聖誕節禮服——非常感謝），戴上白色的長手套，穿著白色綢緞製的舞鞋。我在這個無上幸福的時刻裡，唯一覺得遺憾的就是，當我和傑米帶頭跳八人舞時，里貝特女士沒有在場。下次叔叔您到約翰・葛利亞孤兒院時，請務必告訴里貝特女士這件事。拜託！拜託！再見。

朱蒂・亞伯特

P.S.如果我以後無法成為大作家，而以一個平凡的女孩終此一生、沒沒無聞，叔叔您會不會不高興？

〈星期六　六時三十分〉

長腿叔叔：

我們今天走路到鎮上去，但在途中遇到傾盆大雨……

我喜歡冬天像冬天的樣子，要下嘛，就應該下雪。

茱莉亞喜歡的叔叔今天又來看我們，——帶了一箱三公斤裝的巧克力。我因為和茱莉亞住同一間寢室，所以佔了不少便宜。

茱莉亞的叔叔對我們率真的談話似乎很感興趣，所以決定改搭下班火車，於是就到我們的讀書室喝茶。可是要獲得校方的批准卻頗費周章，不要說是叔叔，就連招待爸爸或祖父都很麻煩，至於兄弟或堂（表）兄弟更是不准。

首先要茱莉亞在公證人面前發誓，證明查比斯先生確實是她的叔叔無誤，接著還要附上郡公所書記的證明書。（我是不是很懂得法律？）就算是完成這些手續，如果讓舍監看到查比斯叔叔還那麼年輕而且英俊的話，下次能不能再一起喝茶，還是個問題。

總之，我們平安無事地喝了茶，而且還吃了黑麵包夾瑞士製的奶酪三明治。茱莉亞的叔叔也幫我們做三明治，他自己吃了四份。我告訴查比斯叔叔今年夏天曾在洛克威勒農場住過，同時很愉快地談論著辛普爾夫婦、馬、牛和雞的事情。查比斯叔叔所熟知的馬全都已經死了，只剩下古洛巴還活著。（查比斯先生最後一次去那裡時，古洛巴還只是一匹小馬。）但是，很可憐牠現在已經是一匹跛著腳，在牧場中緩步行走的老馬。

查比斯叔叔問我，在辛普爾先生的家中，花生是不是仍然放在食品室裡最下面一層架子上的黃色罐子內，罐子上蓋著淺黃色的平底淺碟？——沒錯，就是這樣。他還想知道在牧場的岩石堆下面，現在還有沒有山鼠洞？——還有！亞馬賽今年夏天還在那裡抓到一隻又肥又大的灰色山鼠。牠是「查比小少爺」小時候抓到的山鼠的第二十五代孫子。

我當面稱呼他為「查比少爺」，但他沒有顯出不高興的樣子。茱莉亞說她第一次看到他叔叔那樣和藹可親，他平常不是容易親近的人。可是，茱莉亞不懂得討人喜歡。對待男性的秘訣，就是要——順著毛勢撫摸，他就會滿意地咕嚕咕嚕叫，否則便會大吼大叫。（這不是很文雅的比喻，但可以這麼說。）

我現在正在讀蘇俄女作家瑪麗．巴休科契夫的日記。你會不會覺得很驚訝？請看：

> 昨夜，我突然被一陣絕望感所侵襲。
>
> 我被逼得大聲呻吟，直到我把餐廳的掛鐘丟到海裡才平息下來。

看了這一段，真想祈禱自己不是天才。

如果有個天才在我身邊，那可真危險。

而且對家中的傢具而言，天才也是破壞性極強的東西。

雨下得好大哦！今晚可能要游泳到教堂了。

再見！

朱蒂

一月二十日

長腿叔叔：

在您還是個嬰兒的時候，有沒有一個小姐把您從搖籃裏綁架走？如果有這種事的話，我也許就是那個被綁架的嬰兒！如果這是小說，會不會以喜劇收場！

想到自己不知道是什麼地方的人，就覺得很怪異，而且還有一點羅曼蒂克。正因為如此，才有許多的可能性。或許我不是美國人，別的地方也有很多不是美國籍的人。我也許是古羅馬人的正統子孫，或者是維京人。也許是被放逐的俄羅斯貴族的小孩，假如是真的話，我的命運將是被關在西伯利亞的監獄裡。或許我是吉普賽人也說不定——看樣子好像是——因為我有漂泊的癖性，但到現在為止，還沒有發揮的機會。

叔叔，您知不知道在我的經歷中那個可恥的污點呢？——因為偷餅乾而受處罰，覺得難堪而逃離孤兒院的事？這件事清清楚楚地記載在董事們都可以隨意拿來看的孤兒院的記錄中。可是，叔叔，把一個肚子餓的九歲女孩獨自留在食品室裡磨刀子，而旁邊又放著餅乾盒；當院長突然回來時，發現女孩子嘴巴黏著餅乾屑，不是很自然的事嗎？可是她卻拉著女孩子的肩膀，狠狠地揍了女孩子一記耳光。而在飯後分發布丁時，當著其他小孩子的面，把她攆出餐廳，並且當眾宣布：「這是她當小偷所應受的處罰！」您說那個女孩子不會因此而想逃走嗎？

我只跑了六公里就被抓回去。

事後一個禮拜，當別的小孩在休息玩耍時，我像一隻惡犬般被綁在後院的木樁上。

唉呀！做禮拜的鐘響了。做完禮拜還要開代表會。今天本來想寫一封非常愉快的信，很對不起卻寫了這樣的內容。最喜歡的叔叔，祝您健康，下回談。

朱蒂

P.S. 有一件事我堅信不疑，我絕對不是中國人。

二月四日

長腿叔叔：

傑米送我們一面普林斯頓大學的校旗，有房間一面牆壁那麼大。很高興他沒有忘記我，但不知怎麼搞的，讓我窘得要死。莎莉和茱莉亞都不贊成把這面旗掛在牆上，因為今年這個房間才改漆成紅色，如果再加上這面橘色和黑色相間的旗幟，色彩效果可能會很差。不過，旗幟的質料是上等的厚氈布，觸感很好，很溫暖，不使用實在很可惜。因此，我把它做成浴袍。您會不會覺得很可笑？因為我原來的那一件已經縮小了。

最近，很懶得向您報告我的讀書情況。從我給您

的信上您很難想像，我非常用功讀書，連一點空閒的時間都沒有。一下子唸五科，真讓人眼花撩亂。

化學教授說：

「要問是不是眞的喜歡學問，可從是否對瑣碎的事能抱著不辭勞苦的熱忱來得知。」

歷史教授說：

「不要犯了拘泥於瑣碎小事的毛病，重要的是要縱覽全局，不拘小節。」

正如您所知，我們想在化學和歷史之間順利地操帆航行，就必須非常細心地掌舵。

我喜歡歷史學的研究方法。如果我說威廉大帝在一四九二年入侵英國，（編按．諾曼地大公威廉一世，一〇二七～八七年，於一〇六六年自法國入侵英國。）而搞不清楚哥倫布是在一一〇〇年或一〇六六年發現美國的話，（編按．哥倫布，一四四六～一五〇六年，是於一四九二年發現美洲大陸的。）歷史教授可能會認為那是瑣碎的小事而原諒我。讀歷史可以獲得化學中所沒有的開闊胸襟和安定感。

第六堂課的鐘響了。我們要進實驗室，研究酸、鹽類和鹹。我那件實驗用的圍裙在胸前的地方，被鹽酸燒破了一個有碟子大小的洞。如果按照化學公式來做，用強烈的阿摩尼亞來中和，應該是可以把那個洞補起來的。

下禮拜就要考試了，但我不在乎。

再見！

朱蒂

三月五日

長腿叔叔：

三月著名的風吹起，空中飄過一大片鬱悶陰沈的黑雲。在松林中大概是烏鴉正在聒噪不休，那聲音好像會激蕩人心，使人陶醉。我很想闔上書本，到戶外去與風一起奔馳！

上個禮拜六，我們翻山越野，行走於霜柱融化後的泥濘路上，進行八公里多的獵狐遊戲。狐狸（由三名學生當狐狸，帶著兩簍的紙團。）比二十七名獵人早三十分鐘出發。我是那二十七人當中的一個。狐狸的足跡越過山丘，穿過玉米田，一直奔到沼澤地。所以，我們必須選擇稍微硬一點的沼泥地跳過去。當然，我們一半以上的人都因此而濺濕到腳脖子上。雖然如此，還是不見了狐狸的蹤跡，讓我們在沼澤地浪費了二十五分鐘。我們猜測狐狸大概會穿過森林，逃到山頂上，然後從窗戶躲進位於山上的倉庫中！倉庫的門全都上了鎖，而窗戶建得很高又很小。

叔叔，選擇這個地方不是很不公平嗎？

但是，我們並沒有勉強地從窗戶爬進去，只在倉庫四周走來走去。終於發現了狐狸的足跡——從矮小的倉庫屋頂越過籬笆。狐狸想搶先我們一步，但我們卻佔了上風。他們的足跡在牧地上延續了三公里遠。

根據遊戲的規則，撒彩色紙團的最大間隔是兩公尺，兩公尺的距離哪有那麼大？於是我們快馬加鞭步行了兩個鐘頭，才好不容易地在克利斯塔・斯普林（這兒是大學的農場，學生們經常在這裡滑橇，乘著載乾草的馬車，或者在此地吃雞肉和雞蛋餅的晚餐。）的廚房找到狐狸先生的足跡。三隻狐狸很悠哉地在吃餅乾、蜂蜜，喝牛奶。他們三人沒想到我們會從老遠的地方趕來，還以為我們正氣喘咻咻地在爬倉庫的窗戶呢！

不管是狐狸或獵人，都硬說自己獲勝。其實應該算我們贏才對，因為狐狸還沒有回到學校，在半路上就被我們逮到了。

總之，我們全都像蚱蜢一樣坐在椅子或桌子上，大家吵著要吃蜂蜜。但蜂蜜有限，沒辦法讓每個人都分到。於是，克利斯塔・斯普林（我們為她取的暱稱，她本名是約翰森。）就拿給我們上個禮拜剛做的草莓果醬和楓糖蜜，以及三條黑麵包。

我們回到學校已經六點半——比晚餐時間晚了三十多分鐘——所以，連衣服都沒換就急急忙忙跑去餐廳。因為肚子餓得很，大家都狼吞虎嚥。而晚上做禮拜時，我們全體缺席，所持的理由非常冠冕堂皇：因為鞋子髒得太不像話了。

我還沒有告訴您考試的事。每一科都安全過關。因為我已經懂得秘訣，以後再也不會不及格了。可是，我想我無法以優等的成績畢業，原因是一年級時，令人討厭的拉丁語、作文和幾何的分數太差了。不過，我一點也不在乎！

「只要幸福的話，怎麼樣都行。」（這是引用句，我現在正在讀英國古典文學。）提到古典文學，叔叔，您讀過《哈姆雷特》沒有？如果沒有的話，但願您能馬上閱讀。寫得真的很棒！以前我聽膩了莎士比亞這個名字，從沒想到他是一個這麼偉大的作家，我總懷疑他是否有名無實。

記得很久以前我開始看書的時候，發明了一種非常好玩的遊戲。就是每天晚上就寢時，幻想自己是書中的人物——也是最重要的人物。

現在我是歐菲莉亞（哈姆雷特的女主角），而且是非常機靈的歐菲莉亞。我始終讓哈姆雷特覺得愉快，體貼他也疼愛他。如果他感冒了，我還會用熱毛巾敷他的喉嚨部位。尤其我一定要治好他的憂鬱症。國王和王妃因海難事件都死了，而且不必舉行葬禮。而哈姆雷特和我順順利利地即位治理丹麥，我們把國家治理得很好。哈姆雷特專心於國政，我則傾力於慈善事業。就在最近，我還建立了幾個一流的孤兒院。假如叔叔您和其他的董事先生想參觀的話，我很樂意擔任嚮導。我想你們一定可以發現到許多足以參考的地方。

對您充滿敬意的丹麥王妃　歐菲莉亞

三月二十四日（或二十五日？）

長腿叔叔：

我想我大概進不了天國。因為我在世上已經獲得這麼多好的東西，死後還上天堂享受更好的東西的話，就不太公平了。

朱麗莎・亞伯特的作品在《每月》校刊每年徵選的懸賞短篇小說中入選（獎金二十五元）。她是二年級學生！競爭對手幾乎都是四年級。名字被刊登出來時，我還懷疑自己的眼睛。或許我終究會成為作家。我在想，如果里貝特女士不把我的名字取成這麼奇怪的話，那該有多好。因為這個名字怎麼看都不像是女作家。

另外，在春天的露天戲劇《如你所願》中，我被選上擔任其中一角。我飾演的是羅莎琳德的表妹西莉亞。

最後還有一件事向您報告。茱莉亞、莎莉和我下個禮拜五要去紐約，在那裡住一晚。翌日，將和「查比少爺」一起去看戲，是他招待我們的。茱莉亞自己有家，我和莎莉則住在「瑪莎・華盛頓旅館」。

世上還有那麼令人興奮的事嗎？住旅館和去劇院都是我生平第一遭。只有一次是天主教舉辦的活動，邀請我們去看戲。但那不是真正的戲劇，所以不算在內。

您知道我們要去看什麼戲嗎？是《哈姆雷特》——棒不棒！我在莎士比亞的課中花了四個禮拜的時間，都在讀《哈姆雷特》，全部都背下來了。

想到這些愉快的事，就興奮得睡不著。

再見，叔叔。

這個世界是多麼令人快樂的地方。

朱蒂

P.S. 我剛剛看了日曆，今天是二十八日。

P.S. 今天我在電車中看到一隻眼睛是褐色、另一隻眼睛是藍色的車掌。他如果去演偵探小說中的壞蛋，不是挺合適的嗎？

四月七日

長腿叔叔：

紐約好大哦！威斯特和紐約相比，簡直是小巫見大巫。叔叔，您真的住在那個令人眼花撩亂的地方？如果讓我住上兩天，我一定手足無措，驚惶無狀，真不知從何說起。不過，我想叔叔您會瞭解的，因為您一直都住在那裡。

可是，紐約的街道不是很有趣嗎？不管是街上的人或商店都很有趣。擺在櫥窗內的漂亮東西我從來都沒看過。看了之後，真讓人想一輩子什麼都不做，只穿一身漂漂亮亮的衣服就好。

星期六上午，莎莉、茱莉亞和我一起出去買東西。茱莉亞走進一家非常豪華的商店，為我生平所未見，牆壁是白色和金色的，地上則鋪著天藍色的地毯，還有藍色絲綢窗簾，以及鍍金的椅子。有位金色頭髮，穿著黑色絲綢製的及地長裙，長得非常美的女孩面帶微笑地過來招呼我們。我以為這是社交性的拜訪，想伸出手和她握手。但事實上我們是來買帽子的——至少茱莉亞是如此。她坐在鏡子前面，一頂接一頂地試戴。後面拿出來的帽子都比前面的好看，茱莉亞從當中選擇了兩頂最漂亮的買下來。

坐在鏡子前面，可以不管價格多少買自己喜歡的帽子，我覺得世上沒有比這件事更令人愉快的了。真的哦！我在約翰．葛利亞孤兒院堅苦卓絕所培養出來的高超的禁慾性格，在紐約這個地方剎那間就崩潰了。

買完東西後，我們在「雪莉」餐廳與「查比少爺」見面。叔叔您去過「雪莉」嗎？請稍後回想看看那家餐廳的情況，然後再想想約翰．葛利亞孤兒院的餐廳——鋪油布的餐桌，絕對不會弄髒的純白餐具、有木柄的刀子和叉子。您想像得出我會有什麼樣的心情？

我吃魚的時候用錯叉子，服務生人很好，在任何人都沒有察覺之下，又遞給我一支。

吃過午餐後，我們終於去劇院。那是令人目眩神迷、筆墨無法形容、超現實的地方。往後我每晚一定都會夢到那裡。

莎士比亞真是偉大！

在舞台上看的《哈姆雷特》，比在教室中教的精彩得多了。我以前最喜歡上莎士比亞的課，現在已經不是那麼喜歡了。

叔叔，如果您不介意的話，我想當女演員而不想成為作家。我不唸大學去唸戲劇學校好不好？如果那樣的話，在我上台表演時，我會保留貴賓席給您，然後隔著腳燈對您微笑。只是我希望您在胸前別上一朵紅玫瑰做記號，讓我特意露出來的微笑能正確無誤地停在叔叔的身上。如果認錯人的話，我可要羞死了。

我們在星期六的晚上回來，晚飯是在火車的餐車上吃的，在點著粉紅色洋燈、有黑人服務生侍候的小餐桌旁用餐。我不知道還能在火車上用餐，一不小心就說溜了嘴。

「你到底是在哪裡長大的？」茱莉亞問我。

「鄉村。」我怯生生地回答茱莉亞。

「你沒有旅行的經驗嗎？」她說道。

「我唸大學以前沒有旅行過。從我家到大學的行程只有二百六十公里，所以沒有在火車上用過餐。」我回答。

茱莉亞當時對我感到極大的興趣，因為我說了那麼可笑的話。我雖然一再努力地不說出這類的話，但只要驚訝時，就會一不留神地說溜了嘴。在約翰．葛利亞孤兒院住了十八年，一旦進入「世上」，真是一種頭昏眼花的經驗呢！叔叔。

不過，我大致上已經習慣了，不會再重蹈覆轍。而且我和其他同學在一起時，也不會再感到不自在了。以前，大家在看我時，我會覺得自卑。就算是穿上新衣服，也會覺得大家的眼光穿透那件新衣服，直達裡面的薄方格布料衣服。不過，現在已經不會受到薄方格布料衣服的困擾。

「昨天的痛楚，昨天難過就夠了。」

我忘了向您報告花的事情。「查比少爺」送給我們每人一束紫羅蘭和鈴蘭花。他人真好，對不對？我以前不太喜歡男性！以評斷董事先生們的標準來看。可是，現在正逐漸改變之中。

哇！不得了，寫了十一頁的信紙。

不過，不要擔心，到這裡為止。再見！

朱蒂

四月十日

富翁先生：

我把您給我的五十元支票放入信封裡。多謝您的好意，但無論如何我都不能接受。用您每個月給我的零用錢來買我想要的帽子就夠了。

很抱歉我愚笨地把帽子店的事情，用寫信的方式告訴您。只是因為我沒有去過那種地方，才會寫下這件事。

我完全沒有向您死乞白賴的索取念頭。

而且，我不願獲得不得已、又必須接受的錢財。

朱麗莎．亞伯特

四月十一日

我最喜歡的叔叔：

請原諒我昨天寄給您的那封信。投郵之後，我立即後悔自己不禮貌的行為了。雖然到郵局去想要把信要回來，但心眼壞的郵政人員卻不肯退還給我。

已經是深夜時分，我躺在床上幾個鐘頭都睡不著，一直在想我真的是討厭的傢伙，簡直就像蜈蚣一樣。於是就起床，為了不吵醒茱莉亞和莎莉，我悄悄地把讀書室的門關上；然後坐在床上，撕下歷史筆記本的紙寫信給您。

您特意送給我的支票，我卻無禮地退回，如果不向您道歉的話，我會覺得坐立不安。我瞭解您的一片好意，像帽子這麼微不足道的事，您都會如此地關懷我，我覺得您真是一位慈祥、親切的長者。就算要退回給您，也應該更誠懇地道謝後才退回呀！

不過，無論如何我都必須退給您才行。我和其他的女孩不一樣。大家都把接受別人的東西視為理所當然，因為那些人有爸爸、哥哥、叔叔、嬸嬸等。而我和任何人都沒有那樣的關係。我確實很想把叔叔當成我的親戚，光是幻想就覺得很快樂，可是我知道那是無法實現的。我真的很孤單，我必須在世上背水一戰。一想到這裡，我就覺得很難過。所以，我盡可能不去想這件事。可是，叔叔您瞭解嗎？我無論如何不能接受不該得到的金錢，因為我總有一天都要歸還您。不過，即使我達成心願，成為大作家，想歸還那筆巨額的借款，恐怕也無能為力。

我雖然很喜歡帽子等漂亮的東西，但不想把自己的未來抵押出去。

我真的很不識好歹，您肯原諒我嗎？我有個習慣很壞——不考慮後果，想到什麼就寫什麼，也不看一遍就投到郵筒裡。或許我的信有時看起來像是忘恩負義，但我內心決沒有這個意思。我衷心地感謝叔叔您賜給我的美妙、自由、獨立的生活。我的童年時代是充滿黑暗、反抗的歷史，而現在整天都覺得有股令人難以相信的幸福感，簡直就像小說中的女主角一樣。

已經兩點十五分了。我躡手躡腳地走出去，把這封信投郵。叔叔您收到上封信沒多久就會收到這封信，所以，即使認為我沒有禮貌，我想時間也不會太久的。

晚安，叔叔！

永遠愛您的　朱蒂

五月四日

親愛的長腿叔叔：

上個星期六舉行運動會，場面實在很盛大。首先有全校學生的遊行，大家都穿上白色麻紗織維製的衣服，四年級拿著藍色和金色的日本雨傘，三年級則手持白色和黃色的旗子，我們二年級拿的是全紅的汽球，非常吸引人哦——一不留意，鬆手就飛走了。一年級則戴著綠色皺紋紙做的帽子，帽子上黏著長長的彩色紙帶。學校還從鎮上請來穿著藍色制服的樂隊。為了不使觀眾在節目與節目之間無聊，有十二人扮成馬戲團的小丑表演雜耍。

茱莉亞穿上麻紗織維製的風衣，打扮成胖胖的鄉巴佬，還黏上鬍子，拿著寬大的雨傘；帕茜·摩利亞提（她真正的名字是帕托莉西亞。您聽過這樣可笑的名字嗎？我想里貝特女士還不至於那麼滑稽。）個子瘦瘦高高，歪戴著綠色的帽子，飾演茱莉亞的太太。兩個人所到之處，觀眾笑聲不斷。茱莉亞把鄉下人這個角色表演得實在很精彩，我做夢也沒想到班頓家的人這麼有喜劇天才。（這話對「查比少爺」而言，是有點不禮貌。）不過，我並不認為他是班頓家的人，就好像我不認為叔叔您是董事先生一樣。

莎莉和我要參加體育比賽，所以沒有加入遊行的行列。您知道結果怎樣呢？我們兩人都得勝。但不是全部都獲勝，跳遠的項目就落敗。莎莉撐竿跳獲勝（兩公尺二十一公分），我五十公尺短跑奪標（八秒）。

在到達終點前，呼吸非常困難，但心情覺得很愉快。因為二年級全體學生都揮舞著汽球為我聲援！

「加油！加油！朱蒂．亞伯特。」

叔叔，這真是件非常光榮的事地！我小跑步回到休息室，她們還用酒精幫我按摩，餵我喝檸檬汁，簡直就像真正的選手一樣。能為自己的班級贏得比賽，真是美妙。因為獲勝項目最多的班級，可以領取本年

度的冠軍杯。今年的運動會，四年級有七項優勝，可以贏得冠軍寶座。

體育會為優勝者在體育館舉辦晚餐會，我們享用了烤螃蟹和籃球形狀的巧克力冰淇淋。

昨天晚上，我坐在桌前看《簡愛》這本書直到深夜。叔叔，您是不是老到可以回憶起六十年前往事的老先生？如果是的話，那時候的人講話的方式是不是就像書上所寫的一樣？

高傲的布蘭休夫人面對僕人說：「不要胡說八道，笨蛋，照我的吩咐去做。」然後，羅契斯特說天空是「金屬的蒼穹」。還有，那個瘋女人笑起來像鬣狗，把蚊帳燒掉，又扯裂結婚禮服的面紗，並且大口大口地咬！這真是純粹的通俗鬧劇。

可是，我卻手不釋卷，越讀越有趣。為什麼這樣的小說會出自年輕的女孩手中？看起來簡直就像是謊言一般！而且，她還是在教堂中長大的女孩。

我被勃朗特這對姊妹深深地吸引住。她們的作品、一生和精神強烈地吸引住我。這對姊妹是從哪裡取得那麼多的寫作材料呢？當我讀到簡愛在慈善學校時的苦處時，覺得很生氣，不能不到外面走走，散散心。我很清楚簡愛為什麼會有那樣的心情，因為我瞭解里貝特女士的為人，所以我知道布洛克哈斯特先生是什麼樣的男人。

叔叔，請不要生氣噢！我並沒有指桑罵槐，說約翰・葛利亞孤兒院和羅渥德慈善學校一樣。

我們吃的、穿的都很寬裕，水也供應得很充足。而且，地下室還有暖氣設備。但有一點很像，就是我們的生活都很單調，一點變化也沒有。除了禮拜日的冰淇淋外，不曾有什麼新鮮事發生。即使冰淇淋也是一成不變。

我住在那裡十八個年頭，其間只做過一次冒險，那是柴房發生火災時的事。我們深夜起床穿上衣服，準備在大火延燒至主樓時逃出去。但火被撲滅，只好又回到床上。

任何人都喜歡有一點驚奇，那是人類自然的慾望。可是，我除了被里貝特女士叫到辦公室，告訴我說約翰．史密斯先生要讓我就讀大學這件事外，沒有其他驚奇的經驗。然而，她也是零零星星地透露這個消息，所以，我並沒有覺得有多大的驚奇。

叔叔，我覺得對人來講，最需要的是擁有想像力。只要有想像力，我們就能考慮到別人的立場。這樣一來，就會對人親切、關懷，諒解別人。而想像力必須從兒童時期開始培養。

但是，在約翰．葛利亞孤兒院稍微閃現出想像力，馬上就被踩碎。在那裡，義務重於一切！我認為小孩子根本就不需要去瞭解「義務」這個詞彙的意思。這是令人討厭、不寒而慄的字眼。小孩子不管做什麼事，都應該出自愛心才對。

現在請您想像一下，我如果成為孤兒院院長會是什麼情況！這是我晚上就寢前最喜歡玩的幻想遊戲。我訂有一套非常詳細的計劃，包括用餐、衣服、讀書、遊戲、罰則。在我管理的孤兒院中優秀孤兒有時也會犯錯，所以設有罰則。

總之，那些孩子們過得很幸福。我覺得不管成年後多麼辛苦，每個人都應該有個回憶起來很甜蜜的童年。如果我有兒女，即使自己非常不幸，也要讓他們活得無憂無慮；一直到他們長大，都不讓他們知道我的辛苦。

（禮拜的鐘聲響了。下回聊——）

〈星期四〉

今天午後，我從實驗室回來時，有一隻松鼠坐在桌上，正任意地吃著杏仁。由於天氣爽朗，我把窗戶打開就沒關上，所以最近常款待這些客人。

〈星期六　早上〉

叔叔，您大概會認為我今天學校沒課，昨天星期五，一定是在宿舍看我用獎金買的史蒂文生全集，度過一個寧靜的晚上吧？如果您這麼想的話，那就是表示您不瞭解女子大學的情形。昨晚，有六個好朋友來我這裡做巧克力軟糖。有一塊還沒有凝固前就掉在我最好的地毯上，不管怎麼擦都擦不掉。

最近都沒有寫有關讀書的狀況，不過，我每天可是一直都在猛K書噢！但是，把書本放下來，廣泛地討論人生卻成為我解悶的方法。而叔叔與我之間，完全是單方面的議論。其實，叔叔您應該負這個責任。叔叔您若有不滿意之處，請隨時來信指正。

這封信斷斷續續地寫了三天，您差不多要感到厭煩了吧。再見！善心的人士。

朱蒂

長腿叔叔：

我學會了將討論的研究報告及論文逐條逐項分類的方法。所以，這封信就按照下列的形式來書寫。只

最近我常款待這些客人！

記載重要事項，其餘不贅述。

一、本週的筆試——

A.化學。

B.歷史。

二、新學生宿舍正在興建中——

A.材料：

(a)紅磚。

(b)灰色的石材。

B.規定的人數：

(a)一名舍監、五名教師。

(b)女學生兩百人。

(c)三名廚師、二十名女校工、二十名女僕、一名女管家。

三、今晚的點心是乳凍甜食。

四、我現在正執筆寫有關莎士比亞戲劇的特別論文。

五、露・馬克梅今天下午打籃球時滑倒。現在——

A.肩膀脫臼。

B.膝蓋撞傷。

六、我的新帽子的裝飾——

A.藍色天鵝絨製的緞帶。

B.兩根藍色羽毛。

C.三個紅色的珠子。

七、現在是九點半。

八、晚安。

朱蒂

六月二日

親愛的長腿叔叔：

有一件高興的事，我想叔叔您一定猜不到。

莎莉全家人邀我今年夏天和他們一起去亞迪隆．達克斯的露營地度假。聽他們說，在森林中有個小湖，有個類似俱樂部的組織就建在湖畔。瑪格布萊德家也屬於那個俱樂部。每位會員各擁有一間原木製的房子，這些房子零零落落地散佈在樹叢之間。在湖裡還可以划獨木舟，沿著山路上去另外有一個露營地，每個禮拜舉行一次舞會。

傑米也邀他的同學去，所以，不缺男性舞伴。

莎莉媽媽人真好，是她極力邀我去露營的。大概是我聖誕節時去她家，給她留下好印象吧！

很抱歉信寫得這麼短，而且不是很正式。這封信是我向你報告的暑假計劃。

滿心喜悅的　朱蒂

六月五日

長腿叔叔：

您的秘書剛剛捎一封信來，跟我說史密斯先生要我謝絕瑪格布萊德媽媽的邀請，希望我像去年一樣去洛克威勒農場。

為什麼不行呢？叔叔，到底為什麼呢？

叔叔，您無法瞭解，瑪格布萊德媽媽是真的希望我去呀。我去的話，絕對不會給她們家添麻煩。不但如此，我還可以幫她們的忙。因為她們沒有帶僕人一起去，所以莎莉和我應該可以幫得上忙，這是我學習家事的絕好機會。女孩子都必須懂得做一些家事才對，但我只會做孤兒院裡的事而已。

在那個露營地裡沒有與我們同年齡的女孩，所以瑪格布萊德媽媽找我去陪莎莉。我們倆計劃好好讀書，打算讀一些有助於下年度的英語和社會學的書。教授也說，趁著暑假讀參考書，開學後比較輕鬆。而且，兩個人一起讀，相互討論，背起來也較容易。

因為莎莉和她的媽媽住在一塊，所以家教很好。我很少看過像她媽媽那樣有趣、和藹可親又充滿魅力的人，總之，她什麼事都知道。你知不知道我和里貝特女士度過幾次夏天？我想去那兒比較她們兩位的不同處，不是很自然的事嗎？

您不用擔心我去了之後，會使他們覺得不自在。那棟別墅可是伸縮自如哦！如果客人多了起來，我們就在森林中到處搭帳篷，而把男性趕出去。我整天都在戶外運動，所以今年夏天大概可以鍛鍊出健康的身體。聽說莎莉的哥哥還要教我騎馬、划獨木舟和放槍。

啊！我還有很多東西必須學習，那正是我有生以來第一次能夠快活、悠閒遊玩的機會。我想任何一個女孩子都會希望在一輩子中有這麼一次機會。當然，我會照您的話去做的，但拜託讓我去好嗎？這是我此生第一個希望達成的心願。

寫這封信的不是未來的大作家朱麗莎·亞伯特，而是一名女子——朱蒂

六月九日

約翰·史密斯先生：

您好！

收到您七號寄出的信。我會謹遵您秘書的指示，為了能在洛克威勒農場度過這個夏天，在這星期五馬上動身起程。

朱麗莎·亞伯特小姐

八月三日　洛克威勒農場

親愛的長腿叔叔：

離上次寫信給您已經兩個月了。覺得這麼久沒問候您是不對的，其實，這個夏天我不是很喜歡叔叔——我就是這種直腸子的個性。

不能實現到瑪格布萊德家山莊的夢想，我的悲傷您是無法知曉的。當然，因為叔叔是我的監護人，我必須事事都聽從您的指示。

可是，我怎麼想也想不通——再怎麼說，這明明是一件對我來說最好的事。如果換成我是叔叔、叔叔是朱蒂，叔叔的我一定會這麼說：

「太好了！一定要好好地去玩一趟。要讓初次見面的人對妳刮目相看，多學些有用的事。為了彌補一年來的辛苦用功，到外面去走一走，充分休息，讓身體變得更健康。去吧！」

但是結果如何？只是從叔叔的秘書來信中得到：「去洛克威勒農場！」這種冷漠無情的命令而已！

讓我心情不好的是叔叔的指示，一點也不通人情。如果叔叔有半點體諒我思念您的心情的話，一定不會讓秘書用冷冰冰的打字機打信給我。偶而也能親自寫信給我，不知有多好！如果我能確實了解叔叔有在關心我的事，我不管做什麼，都會儘量讓叔叔快樂的。

明明知道叔叔是不用回信給我的，而且我也不能寫這種又臭又長、又幽默、又一五一十都報告的信。還是叔叔比較遵守協定——我明明是受這種教誨的——因此，或許叔叔正想著，是我不遵守協定。

可是叔叔，這種協定對我實在太難太難了。真的，我真的很寂寞！在這世界上我只能對叔叔一個人說出心中的話，但叔叔簡直像個影子。搞不好叔叔一點也不像我空想創造的樣子。叔叔只在我入院時捎給我一封信。即使到了現在，只要我覺得快要忘記時，就會趕快拿出那張卡片重新回味一次。

我還沒寫到真正要告訴叔叔的事。是這樣的——

我現在心情還是很不平衡！（隨隨便便地也不經過人家同意，什麼事都先決定了，簡直跟看不見、摸不到的老天爺一樣，隨便用手指一抓，愛放哪兒就放哪兒，太不甘心了。）現在想想，那位一直照顧我、富同情心的老紳士也有權利做那個不通人情、看不見、摸不到的老天爺。所以我決定原諒叔叔，再度露出笑容。可是，只要我接到莎莉從山莊寫來的信，我還是會難以釋懷。算了，一切都到此為止。再從新開始吧！

這個夏天我拼命地爬格子，完成四篇短篇，都送到不同的出版社。你可以了解，我為了成為作家，是多麼賣命工作了吧。我現在把以前查比小少爺下雨天時的閣樓遊戲間當作工作室，窗子有兩扇，風嗖嗖地吹進來，非常涼爽的地方。更好的是，外面的楓樹樹洞裡住著一家松鼠，我的工作室就在那棵樹的樹蔭下。

再過不久，我就能寫出更好的信，向您報告農場所發生的大小新聞。

如果下雨多好。

您的 朱蒂

八月十日

親愛的長腿叔叔：

我現在坐在牧場池塘邊柳樹的第二個樹幹交叉的地方。腳底下有蛙叫，蟬聲在我頭上揚起，還有兩隻小栗鼠在樹上追來追去的玩耍著。

我已經在這兒待了一小時了。這個樹幹坐起來非常舒服，再加上我帶來的兩個抱枕就更舒服了。為了能寫出很好的小說，我特地帶紙筆到這兒來，可是一直想不出我所要的書中人物。只好暫時放一邊，寫信給叔叔。（心情還不是很放得開，誰叫叔叔沒能順我的意思。）

叔叔如果在紐約的話，我想把這個美麗、微風吹送、明亮的風景送給您。下了一星期的雨，雨後的鄉村跟天堂一樣。

一連下了七天雨的這段期間，我都在閣樓裡啃書度日子，主要是唸史蒂文生。比起這封信上出現的人物，史蒂文生倒比較有趣。想想看，把父親留下來的一萬元遺產全部用在遊艇上，開著遊艇到南洋去，多棒！我多想親自去實現我冒險的夢想。

要是我父親也給我一萬元，我也會這麼做。貝耶里瑪（史蒂文生在南太平洋薩摩耶島上建立的家）這個名字光聽到就令人如痴如迷。我想看看熱帶，想看全世界，有一天一定要去看看。叔叔，真的，不管是大作家、畫家，或是女演員、編劇本的也好，只要成了偉大的人，我馬上就去──我實在太熱衷旅行，一看到地圖，就想戴上帽子、拿起雨傘往外跑。

我要在親眼看到南洋的棕櫚樹和寺廟後才死去。

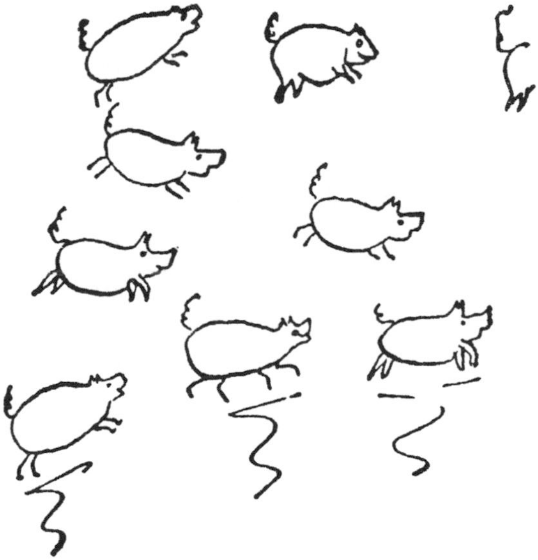

〈星期四的黃昏　坐在大門的樓梯上〉

要把「新聞」裝進這封信實在很難。如果叔叔一定要知道的話，就只有這些了——

農場上的九隻小豬在上星期二游過小河逃走，只有八隻回來。我並不是想說附近人家的閒話，不過，好像在道特寡婦那兒多了一隻小豬。

韋伯先生給他的倉庫和小木屋漆上像南瓜一樣濃稠稠的黃色——顏色實在不怎麼好看，可是那個人說，這樣才能維持久一點。

普利瓦家這個星期來了客人——女主人的妹妹及兩個姪女，從俄亥俄州來的。

農場上的羅德．阿蘭德．雷特種母雞下了十五個蛋，只出了三隻小雞。原因不太清楚，我的看法是，羅德．阿蘭德．雷特種的品種不好，帕夫．歐平頓種的比較好。

寶尼克十字路郵局新來的人，可以把牙買加琴酒（至少得花七元）一滴不剩地喝光。

艾拉．哈奇爺爺因為風濕病不能再工作。那個人在有好收入時一點錢也沒存下來，現在只有接受村民的救濟過日子了。

星期六晚上，村子裡的學校有冰淇淋大會，歡迎闔家光臨！

我現在戴的是用二十五分錢買的新帽子，這是我最近一次的畫像。我正要去鏟乾牧草。

天色變暗，什麼都看不到了。新聞就為您報導到此。晚安！

朱蒂

〈星期五〉

早安！為您播報新聞。您一定想不到出了什麼事，您絕對絕對猜不到是那位重要人士要到洛克威勒農場來。

辛普爾太太收到了一封班頓先生寄來的信，聽說班頓先生開車在巴克夏地方旅行，想到安靜的農場來休息。因此希望如果有一天晚上車子停在門口時，房間已經準備妥當。至於要待多久，一星期、兩星期或三星期，就要看停留下來後的心情再作決定。

我們都議論紛紛。房子上上下下大掃除，所有的窗簾都拆下來洗。

我等一下要去買大門用的油布（防水布），還有要漆玄關和樓梯間用的褐色油漆，得坐馬車到十字路。明天我們要雇道特奶奶來擦窗子。（發生了這麼大件事，我們也沒閒工夫去管小豬的事了。）也許叔叔看到我們這麼忙著打掃，會以為平常都沒在做。不是這樣的！辛普爾太太也許不是萬能，但是做為一個家庭主婦可是非常稱職的哦！

叔叔，可是那個人一點不像是個有男性作風的人。他到底是今天會到呢？還是兩個星期後到呢？一點也沒透露。反正直到他翩然蒞臨之前，我們都得整天提心吊膽就是了。他再不快點來，搞不好我們又得再來一次大掃除。

亞馬賽已經把馬車準備好，在下面等著了——如果叔叔看到克勞白那副老態龍鐘的樣子，一定會替我的安危感到擔心的。

置手於胸前向您致意　朱蒂

P.S. 結尾這句話很棒吧！抄自史蒂文生的信。

〈星期六〉

再向您說一聲早安。

昨天在郵差伯伯來之前，來不及把信投入郵筒，再寫一點吧！郵差一天會來一次，在中午時收集信件。

鄉村的郵差伯伯對附近的人家而言是非常重要的。不僅僅替大家送信，還可以一次付五分錢，請他跑跑

腿、打打雜。昨天還付了十分錢，請他到鎮上替我買鞋帶、防曬乳液（在還沒買新帽子前，已經被太陽曬得鼻子脫皮了。）以及藍色的領帶，還有鞋油。沒想到要辦這麼多的事，他還特別優待我呢。

查比小少爺看起來一點也沒還有要到的跡象，這間大宅子是多麼地乾淨——您都不曉得我們要進門前是多麼慎重其事，每個人都小心翼翼地脫鞋。

如果他早一點來多好，我實在太需要一個聊天的伴兒。告訴您老實話，我已經對辛普爾太太的高論打退堂鼓了。辛普爾太太只要一打開話匣子，誰也不想中途打斷她。這也是這個地方的人奇怪的特徵。

世界對這裡的人而言，只是一個小小的山丘。簡直可以說是以偏概全的井底蛙，您懂我的意思吧！

這種感覺完全和在約翰．葛利亞孤兒院一樣，我們的想法全部被四周的圍牆框得死死的。只不過因為當時年紀小，實在是太忙了，所以才沒察覺出來。

把自己負責的床位都收拾乾淨，替小朋友們洗臉，送他們去上學。他們一放學回來，又要再洗一次臉，補他們的襪子，還得給佛萊迪．帕金斯補褲子（那小子竟然可以每天把褲子穿破）。等到好不容易空下來想唸書時，已經恨不得趴在床上馬上合上眼了。也難怪自己一點也沒看出已經與世隔絕了。這兩年中，直到進入多采多姿的大學世界前，沒有一個知心的朋友是多麼地寂寞。所以，能遇到一個和我心靈相通的人，真是太高興了。

叔叔，我想在此把話打住了，沒有什麼其他稀奇的消息。

下次我會寫封長長的信，再會！

朱蒂

P.S. 今年萵苣不是長得很好，因為播種時已經超過耕種期了。

八月二十五日

叔叔，查比小少爺已經來了，現在每天過著幸福快樂的日子。至少我是這樣子的，我想他也是吧——已經待了十天了，一點也沒有要回去的意思。辛普爾太太溺愛查比小少爺的程度，已經到了不可收拾的地步。他如果從小就被寵成那樣的話，怎麼可能會長成這麼好的青年呢？著實令人費疑猜。

他和我要用餐時，不是把小桌子搬到側門，就是搬到樹下去——下雨或是涼一點的話，也會在最豪華的客廳用餐。只要他一決定在哪兒用餐，凱莉會從後面馬上搬著桌子過來，而且還不厭其煩地從大老遠的廚房把盤子端過來，而凱莉總是會在糖罐下剛好找到一塊錢。

他是一個非常好相處的人，雖然剛見面時不會那麼覺得。第一次見到他時，他實在是像極了班頓家的人。實際上並非如此，他既爽快又不做作，非常溫柔。這樣子形容男生也許有點奇怪，但真的是這樣。

他對這附近的人家非常好，沒有一絲絲的驕態，能夠讓人馬上打心底喜歡上他。起初，附近的人還有點懷疑他，因為他的穿著打扮令人不太敢接近。這麼一講，才覺得他的服裝還真的是很怪異。下面是馬褲，上身是白色法蘭絨襯衫，穿的是一身蓬蓬的騎馬裝。

只要他一穿上新衣服，辛普爾太太就會得意地笑個不停，開始在他的四周打轉，不停地盯著他瞧，擔心他會不會弄髒衣物。坐下時不注意一點的話，馬上一頓嘮叨。然後，他總是會說：

「麗琪啊，快去忙妳的事，你總不能一直要我做妳的乖寶寶吧。我已經是大人啦！」

我一想到高大俊秀（因為他像叔叔一樣有一雙長長的腿）的他把頭靠在辛普爾太太的膝蓋上，讓她洗臉，就覺得很奇怪。看到辛普爾太太的膝蓋後，更覺得奇怪。現在，她膝蓋有兩層肥肉，下巴竟有三層呢。可是，他告訴我說，很早

很早以前，她非常苗條，而且跑起來還比他快。

我們到各處去探險，至少走了好幾公里的小路。還看到一種長得很好笑的鳥會用小小的蚊針（假誘餌的一種，用鳥的羽毛做成跟蚊子一樣的形狀。）釣魚。我還用過來福槍和手槍，也騎了馬——看起來快要不行的克勞白，竟出乎我意料的挺有精神。連續三天都餵牠吃了黑麥，現在簡直像隻小牛，能讓我騎著跑了。

〈星期三〉

星期一的下午，我們登上了史卡伊山。是這附近的山，不是很高的山——因為不會下雪——可是快要爬到山頂時，我已經上氣不接下氣了。山腳上的斜坡盡是樹林，山頂上卻是一片光禿禿的奇岩怪石。等到太陽下山，我們才開始煮晚飯。晚飯由查比小少爺一手包辦。他說，他可以做得比我好。這倒是真話，因為他一年到頭都在露營。

我們在月光中走下山，森林中一片漆黑，只見他從口袋裏拿出手電筒來替我們開路。真好玩！一路上他都笑個不停，講笑話給我聽，還告訴我很多很有趣的事。

他當然已經看過我所讀過的書，而且還看過其他很多的書。沒想到他竟上知天文、下通地理，讓我驚訝不已！

今天早上去遠足，碰到暴風雨，回到家時，兩個人都淋成落湯雞了——心情可是一點也沒淋濕。我們正想全身水珠滴滴答答的滴進廚房去讓辛普爾太太瞧瞧時。

「怎麼，查比小少爺和朱蒂小姐全身都濕透啦！這下可好了，那件新外套沒淋濕吧。」

辛普爾太太實在是很好笑，好像我們都是十歲小孩，她倒成了我們的媽媽了。我還直擔心著，會不會有一陣子喝下午茶時，她不給我們果醬吃呢！

〈星期六〉

這封信老早就開始寫了，實在是忙得沒有一點時間把它完成。

現在時刻，星期天晚上十一點，您大概以為我已經睡了吧。因為晚餐時喝了一杯濃咖啡，才會睡不著。

早上，辛普爾太太對查比小少爺清清楚楚、明明白白地這麼說：

「要在十一點前到教堂，得在十點十五分從這兒出發才來得及哦。」

「好啦、好啦！我知道了。去準備馬車吧，如果我換衣服換遲了，不用等我，你們先去。」

查比小少爺如此說。

「我們會等您的。」

「隨便！只是，不要讓馬等太久比較好吧。」

說著說著，就趁辛普爾太太去換衣服的當兒，要凱莉做好飯盒，叫我去換散步的服裝，然後偷偷地抄小路，帶我去釣魚。

這件事對家裡的人而言簡直是添麻煩。怎麼講？本來洛克威勒農場星期天的盛宴是在下午兩點，他說要改在七點。他老愛在自己喜歡的時間說要吃飯，簡直把這裡當作飯店了。就因為這樣，凱莉和亞馬賽才沒能出去兜風。

可悲的是，連辛普爾太太也堅信會在禮拜天跑去釣魚的人，一定會掉到煮得熱騰騰的地獄裡去。她還說，很後悔在他還小還管教得動時沒能教好他。本來她還想帶他到教堂去炫耀一番的。

不管怎樣，我們釣了魚（他釣到了四尾小魚），用換來的柴火煮午飯。

剛從烤串上取下的魚沾滿了灰燼，我們的肚子把所有的東西都一掃而空。

我們四點回來，五點出去兜風，七點回來赴晚上的盛宴，十點一到，通通被趕上床。現在我正在床上給叔叔寫信，眼皮快要合上了。晚安！

請您看看我釣到的唯一一隻魚的畫。

喂——那艘船的長腿船長：
等等我呀！停下來呀。
唷嘿——再來一瓶蘭姆酒。

您知道我現在在唸什麼嗎？這兩天我們的話題都繞著海呀、海盜的事打轉。《金銀島》好有趣哦。叔叔讀過了嗎？還是叔叔小的時候，這本書還沒出世呢？聽說史蒂文生賣這本書時，才得到三十塊錢呢！

——即使成了大作家也賺不了多少錢，我大概會跑去當教書匠了。

我這封信已經寫了三個禮拜。這麼長應該夠了吧！

叔叔，我可是每件事都沒遺漏地向您報告哦。

多盼望叔叔也能到這兒來，跟我們一起共度快樂的時光。我想把我親近的好朋友也介紹給您認識一下。想問問班頓先生，看他認不認識住在紐約的叔叔——他應該認識吧。您和他都是上流社會人士，而且兩個人都很喜歡社交活動——可是我連叔叔的名字都不曉得，豈不是太奇怪，里貝特院長說您是個怪人喲——我也覺得。

摯愛您的　朱蒂

九月十日

親愛的長腿叔叔：

查比小少爺回去了，我好寂寞！好不容易才習慣了某個人、地方及生活方式，突然間全被拿走，真會讓人不知所措。辛普爾太太的每一句話，形同嚼臘。

再兩個禮拜大學就開學，又可以高高興興地上學了。這個夏天產量驚人，我完成了六篇短篇小說和七首詩。雖然寄到出版社去了，全都被退回來。可是沒關係，這是一個磨練的好機會。

查比小少爺看了我的原稿——因為我拜託他幫我寄出去，於是所有的內容都曝光了——每篇都不好，他說，根本看不懂我寫的是什麼。（查比小少爺有話就直說，一點也不手下留情。）但是他終於說——那篇描寫大學生活的作品還不錯。替我打字後，寄到某家出版社去了。

已經寄出去兩個禮拜了，我想那邊一定正在仔細斟酌要不要採用吧。

好想讓叔叔看看這兒的天空。詭異的橙色光線，照在所有的東西上，暴風雨快來了！

沒想到才剛寫到這裡，外面竟然開始下起傾盆大雨來了。窗戶全都被暴風吹得「砰砰」作響。我飛快地跳起來，把窗戶給關上，凱莉拿著牛奶桶上閣樓來放在會漏雨的地方接雨——本來想繼續提筆寫信時，猛然想起自己竟把馬修・阿諾德的詩集及兩個抱枕放在果樹下面。當我趕到時已經來不及了，全部泡湯了。詩集封面的紅顏色染料都滲到裡面去了。於是，從今以後，「多佛海岸」（編按・位於英國與歐洲大陸之間的多佛海峽之海岸，阿諾德寫了一本同名的小說。）就要在粉紅色的波浪中漂盪了。

暴風雨對田園生活來說，是件非常麻煩的事。表面上看起來像是還不會那麼快來，但是一不小心，馬上就造成重大災情了。

〈星期四〉

叔叔！叔叔！您會怎麼想呢？郵差伯伯剛送了兩封信來。

一封是，我的小說賣出去了——五十塊錢。

啊——終於踏上作家之途。

一封是，大學寄來通知，說我可以領到兩年份包括住宿費和每個月付學費的獎學金。這是某位校友特別為成績優異「國文好的人」所設立的，而我領到了。來此之前曾經向您說過，由於一年級時數學和拉丁文都不好，大概領不到獎學金。看起來我的成績有起色了。

叔叔，我好高興。再也不必花您的錢，增加您的困擾。從現在起，您只要給我零用錢就夠了，我也要寫寫小說，當個家教，想辦法自食其力了。

好想快點回到學校唸書。再見！

朱麗莎・亞伯特

P.S. 《二年級獲勝的時刻》——定價十分錢，書店報攤均有出售。

九月二十六日

親愛的長腿叔叔：

終於又回到學校來了。我現在已經是高年級了。我們現在的書房要比從前的好太多了——面對南方有兩扇大窗戶！而且非常漂亮。

壁紙重新貼過，也有東方味道的地毯，而且椅子是桃花心木做的呢——不是像去年我們用漆塗上去的得意之作，是如假包換的真品哩！太漂亮了，讓人有點不習慣，深怕會不會在哪兒又滴上一滴墨汁。

對了！叔叔寄來的信……啊……抱歉，是秘書寄來的，我等了好久好久。

為何我不能接受獎學金？您無論如何一定要讓我知道原因。我不知道叔叔為什麼會反對？可是，已經來不及了。我已經領了，而且不會重新再考慮一次的。告訴你這件事好像太任性了，可是我的本意決非如此。

當初叔叔想讓我受教育時，一定是希望這個小孩子能有始有終，等領到了畢業證書之後，才跟我劃清所有關係吧！

但是請您也要想一想我的立場，只是請您千萬不要不高興。我非常感激您給我的所有一切。為了能夠在這個房間生存下去而不輸給茱莉亞，我不能沒有一點小存款。雖然茱莉亞的品味高尚，我實在不配和她同住一間房間。

這封信實在算不上是一封信。因為我要寫的東西什麼都有——剛剛才縫了四塊窗簾布、三片門簾（還好叔叔沒看到這些像狗啃的布條），然後是用牙粉刷黃銅製的文具（這可是件大工程），接著還得用指甲刀切掛畫框用的鐵絲，最後是把四大箱的書清出來，整理兩大皮箱的衣服，（朱麗莎．亞伯特會有兩大箱衣服？不是在說笑吧！是真的。）而且還得到處跟回到學校來的五十個懷念的老朋友打招呼。

開學典禮那天，真的快樂極了！

叔叔，晚安！小雞已經可以開始自己覓食了。請不要為我擔心，小雞會努力長成一隻好母雞——叫聲宏亮、羽毛豐潤的好母雞。（這些都是您賜給我的。）

摯愛您的　朱蒂

九月三十日

親愛的長腿叔叔：

您還是堅持獎學金的事嗎？我這輩子還沒看過像叔叔這麼頑固、不體恤人，像隻一點也不懂主人意思的鬥犬。

叔叔告訴我不可以接受陌生人的幫助。陌生人——這麼說來叔叔是什麼人呢？這世界上再也沒有人像叔叔這樣讓我感到如此陌生。連在路上擦身而過，我也不認識叔叔。這樣可以嗎，叔叔。如果您聽得懂我的話，就應該做個常常鼓勵小朱蒂，像父親寫信一樣，告訴朱蒂她是個好孩子的話——這樣一來，朱蒂絕不會再煩年邁體衰的叔叔了。我一定會做個孝順的女兒，實現您所有的期望。

不認識的人——叔叔就像映在鏡子裡邊的史密斯先生。

我不想放棄獎學金。如果您再堅持的話，我就不會再收下每月的零用錢了。我會去做笨頭笨腦的一年級生的家教老師，辛苦地做工，直到神經衰弱。

這是我的「最後通牒」。

而且我也有自己的想法。如果像叔叔擔心的那樣，我拿了獎學金，就會剝奪另外一個人的機會，我倒有一個解決方法。只要把原本是給我的錢，再送給在約翰・葛利亞孤兒院的其他女孩不就行了。不錯吧！只是如果叔叔要讓那個新女孩受教育的話，一定不可以喜歡她更甚於我。

請不要因為我都不聽從秘書信上寫的要求事項就生我的氣。假使您真要生氣，這也是沒辦法的事了。叔叔的秘書太任性！以前我都老老實實的去做他任意要我做的事，這次我要斷然拒絕，堅持己見！

絕不動搖立場，堅持己見到底的　朱麗莎・亞伯特

十一月九日

親愛的長腿叔叔：

今天到鎮上去，買了一盒鞋油，兩、三條領襟（洋裝等的領子），以及做罩衫用的材料、羅蘭乳霜（有紫羅蘭味道的化妝乳霜）一瓶，還有一塊洗面皂——每一樣都是民生必需品，沒有的話就不能愉快地過日子——但是，要買電車車票時，才想起把錢包放在另一件外套的口袋。所以只好下車，再坐下一班的電車，因此趕不上體操時間。

一毛錢也沒帶，即使有了兩件外套也是徒增麻煩。

茱莉亞・班頓這個耶誕假期邀請了我。

史密斯先生您意下如何！

約翰・葛利亞孤兒院出身的朱麗莎・亞伯特竟會和有錢的大爺們同坐一桌。

我也不清楚為什麼茱莉亞會請我去——最近茱莉亞好像很喜歡我。說實話，我覺得去莎莉家會比較好，可是茱莉亞先邀請了我，因此如果要去哪裡的話，不是去威斯特，而是會去紐約。可是一想到要去和班頓家的人見面，我的心就已經涼了半截。而且還得再多做幾件衣服——所以如果叔叔覺得我留在宿舍自己一個人靜靜地過日子比較好的話，請寫信告訴我，我一定會像以往一樣地乖巧聽話，遵照您所指示的去做。

我現在只要一有空就唸《湯瑪斯．哈克斯的傳記與信函集》，這本書利用短短的片刻來唸很合適。

叔叔知道阿奇奧普迪利克斯嗎？是一種鳥。還有史底里奧內塞斯——不能確定這種有牙齒，而且有一對巨大翅膀的鳥是否存在，不過我想現在可能已經看不到了。啊，對不起，剛剛翻了書，這種鳥是中生代（約兩億年前起的六千萬年之間，當時是大型爬蟲恐龍之類的活躍期。）的一種哺乳動物。

今年選了經濟學——這是門很實用的學科。修完這門課，我還要再學慈善事業和感化教育事業的學科。董

事先生，這麼一來，我就知道如何經營孤兒院了。如果我能有選舉權，您不覺得我是一個很出色的公民嗎？上個禮拜我剛度過二十一歲生日。

朱蒂

十二月七日

親愛的長腿叔叔：

您允許我接受茱莉亞的邀請——我想沒有回信來，應該就是您答應了——謝謝叔叔。

上星期有一場校慶舞會，只有高年級才能入場，今年我們是第一次參加。

我邀請了傑米；莎莉請了這個夏天去露營的傑米同班同學，棕髮、感覺不錯的人；茱莉亞則從紐約請了一個人來，聽說那個人是德．拉．梅達．奇吉斯特家族的親戚。叔叔大概知道這個人吧，至於我，根本沒興趣。

總之，客人們說，為了能赴星期五下午在四年級餐廳舉行的茶會，晚餐就在飯店解決。飯店裡大客滿，聽說還有人睡在撞球檯上。傑米說下次再來這兒時，要把露營用帳棚帶來，在校園裡搭帳棚住。次晨是合唱音樂大會——您知道這天唱的新鮮又有趣的曲子是誰作的嗎。是的，正是在下我，那個受到叔叔照顧的小孤兒，現在已經是個亭亭玉立的大女孩了。

熱鬧光鮮的兩天，真是快樂無比，我們請來的那兩位普林斯頓大學的朋友也是如此。

——兩個人都彬彬有禮地說快樂極了，而且邀請我們參加明年春天的舞會——我們也接受他們的邀請。叔叔，請您千萬不要不贊成。

茱莉亞、莎莉和我都穿上了新洋裝。叔叔，讓我告訴您，茱莉亞穿的是奶油色的刺繡加上金絲線的刺繡花樣，再別上一朵紫色的蘭花。是在巴黎訂作的，至少也要一百塊錢，簡直如夢幻般的美麗。莎莉穿的是淡藍色的波斯繡花，和她的棕髮相配極了。雖然沒花到一百塊錢，可是那副高尚的模樣，決不會輸給茱莉亞。至於我穿的則是淡粉紅色的法國縐綢，裝飾著茶色的花邊及玫瑰色的刺繡花樣；然後別上傑米送我的純紅色玫瑰花。（我洋裝的顏色是莎莉告訴傑米的。）三個人都穿上絲襪子、有繡花的鞋子，再配上和我們洋裝相稱的絲巾。

這麼仔細地告訴您女生衣服的事情，您一定大受感動吧！衣服的事就到此為止。叔叔，想不想知道我最近的秘密？只是請叔叔不要以為我是在自吹自擂。現在，答案揭曉：

我——很漂亮。

是真的！如果有誰沒看到我房裡的三面鏡子的話，一定是個大笨蛋。

你的至友

十二月二十日

長腿叔叔：

我現在是分秒必爭。等下有兩堂課要上，接著還得把一大堆行李塞進皮箱和旅行袋，趕搭四點的火車。可是在告訴您收到您的耶誕禮物我是多麼高興之前，我實在不能一走了之。

皮草，首飾、絲巾、手提包、手帕及書，還有小錢包，我通通好喜歡——比起這些，我更喜歡叔叔。可是叔叔這麼寵我是不行的，我只是尋常的人——而且是個少女，叔叔這麼放任我，我如何能集中全力，用心於功課呢？

我從前一直不知道約翰·葛利亞孤兒院的董事先生中是誰送給我們聖誕樹和冰淇淋，現在，我終於知道了。那位紳士從來沒有說出他的姓名，可是我知道是哪位紳士。叔叔，謝謝您做了這麼多好心的事，您一定會得到幸福的。

祝您有個快樂的聖誕假期！

朱蒂

F.S 我也有一份小小的禮物要送您——

叔叔，如果您看到我，一定會很喜歡我的。

一月十一日

長腿叔叔：

本來打算在紐約寫信給您的，叔叔，紐約這個城市是個會讓人心蕩神馳的地方。我覺得一切都太新奇，過得非常充實而有生氣。可是很慶幸自己不是長在那種家庭。就這點而言，約翰．葛利亞孤兒院有些地方比它還要好，真的！

雖然我的教育方式也有缺點，但是我決不會愛慕虛榮。直到坐上回程的火車，我的心情都沒法放鬆。那兒的傢具不是雕得漂亮非凡，就是裝飾得氣派非凡，非常了不得。舉目所見，都是穿著美麗的洋裝、輕聲交談、賢淑端莊的女士。可是叔叔，直到我告辭離開為止，從未聽到一句真正從心中說出來的話。什麼思想言論，一進入那個大門就消失了。

班頓夫人的世界，除了寶石、服裝店、交際應酬之外，什麼都沒有。那位女士是個和瑪格布萊德夫人完全不同類型的母親。如果我結婚，有了小孩，我一定會照著瑪格布萊德夫人的方式教育小孩。即使給我全世界的財富，我也不會把自己的小孩教養成和班頓家的人一樣。作人家的客人還說他們的壞話，實在很不好哦。如果有冒犯之處，請多多包涵。這是我和叔叔之間的秘密。

我只有在一次茶會上看到「查比小少爺」，而且沒有機會和他說話。去年夏天是那麼愉快，我失望透了！他看起來不太喜歡他的親戚們，而且家族裡的人也不太理睬他。茱莉亞的母親說，那個人怪裡怪氣的，而且還是個社會主義者——幸好沒有披頭散髮、打上紅領帶。茱莉亞的母親還說，班頓家族一直都是信仰英國國教，他到底是從哪兒換來那種想法的。聽說他不把錢花在遊艇、車子、賽馬賭錢上，偏偏把錢丟在奇怪的改革運動上。可是，他也會自己買糖果，因為他送給我和茱莉亞每人一盒巧克力。我也想做個社會主義者。

我看到好多劇院、大飯店及豪門大宅。腦袋中盡是鍍金、細木手工的地板、棕櫚樹。還搞不清楚怎麼回事時，已經又回到學校，開始上課了。高興極了！我到底只是一個學生。在這個充滿學術氣息的學校裡，比起紐約來，我更有精神。

大學實在是一個可以滿足地過日子的地方。唸唸書、用用功，按照規定去上課，腦袋裏一直都是生氣十足。如果唸書累了，還可以到外面去運動運動，還有好多和你有一樣想法的好朋友。每次我們整夜聊個不停後，總是到覺得自己好偉大時，才上床睡覺。雖然都是隨便扯淡，可是自己卻很自鳴得意呢！

使生活快樂的東西決不是什麼天大的喜悅，那些從小小的地方堆積而成的喜悅，才是上上之選。叔叔，我終於找到幸福的秘訣了——那就是為「現在」而活。不要老是對過去抱怨個沒完沒了，而且也不要好高騖遠，不切實際，掌握現在才是唯一正確之途。就好像種田一樣，有的是在一大片土地上的大規模農業；有的是在有限的土地上，投入所有的勞力與資本的集約式農業。而我打算學習集約式農業的方式，過集約式的生活。

我決定善用每天所有的可能時間，而且明明白白地了解自己的快樂之因。大部分的人不是「活」著，只不過在一種叫做人生的競賽路程上「跑著」。跑著、跑著，以為要到地平線的那一邊才是目的，在終其一生勞碌奔波、喘息不已之後，便劃上休止符，從來也不曾仔細地好好欣賞過自己腳下這塊美麗安詳的大地美景。等到得到一切後，自己卻年老疲累了。因此，我要立下決心，偶爾也在路邊坐坐，休息一下，收集所有小小的幸福——即使因此無法成為大作家。

叔叔，您知道那位使我將要成為女哲學家的偉人是誰嗎？

朱蒂

我親愛的同志！

吾黨萬歲！我乃費邊社（一八八四年蕭伯納於英國成立的社會主義派系）黨員。費邊社就是堅定地等待革命時刻來臨的社會主義者。我們決不希望社會革命馬上在明天早上發生，那樣一來會造成太大的社會混亂。我們著眼於遙遠的未來，期待我們的理想一點一滴的被實現——在所有的人心理都準備好、在體制充分被整合之下、在經得起激變的時機成熟時。

在此之前，我們應該把改革的腳步放在產業、教育與重建孤兒院上。

現在是星期一的第三節課。

你的同志　朱蒂

二月十一日

親愛的長腿叔叔：

希望您不要因為這是一封短短的信而感到不愉快。

老實說，這不算是一封信，只不過做為通知您我考試結束的書面通知。這次考試不僅僅只要求合格就好，而且更要求優秀的成績。一定要達到拿獎學金的標準。

閉關用功中的　朱蒂

三月五日

長腿叔叔：

凱勒校長在今天晚上發表了一篇關於現代年輕人是多麼輕浮、隨便的演講。他還說，現在的年輕人已經逐漸失去過去我們學姊所擁有的努力不懈地做學問的態度。而且，對於長輩，我們也沒有表現出應有的禮貌……

然後，懷著一種不可言喻的心情，我從禮拜堂回來。

叔叔，我是不是對您太過予取予求了？

我是不是應該更慎重地改變我輕鬆的口吻呢？

——是的，的確也理應如此，我要重新再寫一封信給叔叔。

親愛的史密斯先生：

我以很好的成績通過了上學期的考試，現在正開始新學期的課程，請您不要為我擔心。由於上學期我已經選過化學課了，所以這學期我決定選修生物學。這門學科必須常常解剖老鼠、青蛙的，在決定選修之後，我仍不時感到有點害怕。

上星期在禮拜堂有一場關於「法國南部古羅馬遺址」的演講，生動有趣，令人受益匪淺。能夠得到如此啟蒙式的解說，真的是生平頭一遭呢。

我們現在正在研習英國文學中的一個主題，華滋華斯（英國詩人，一七七〇～一八五〇年）的《提坦恩寺院》，這是一部非常細緻動人的作品。作品的內容把他的汎神論（認為自然界中，所有自然現象中都存有神明。）思想表露無遺！在十九世紀前半的浪漫主義思潮下，雪萊、拜倫及濟慈、華滋華斯等詩人們的作品，要比前期的古典主義時代更能打動人心。提到詩，不知道您是否曾讀過丁尼生的《洛克斯利大廳》這首可愛清新的詩？

最近，我一定會出席體操課。違反新規定的學生監視制度的話，會很麻煩的。體育館有座由畢業生捐贈的水泥與大理石建造成的新游泳池。我向我的室友瑪格布萊德小姐借了泳裝，（但是實在是太緊了，穿不下。）到池子裡游了一圈。

昨天晚餐的飯後點心是可口的粉紅色冰淇淋，我們只使用植物性原料當作食用色素。而且，本女子大學不僅從美學上的觀點反對，在衛生上也堅決拒絕使用化學合成色素（苯胺染料）。

這兒天空的模樣非常理想——晴朗的天空和陰暗的天空，在其間偶爾會有暴風雪。我們如往常，樂於奔波在教室和宿舍之間——特別是喜歡回去的方向。

最後敬祝您——

身體健康，萬事如意！

朱麗莎·亞伯特　敬上

四月二十四日

親愛的長腿叔叔：

春天再度來臨，校園好美好美，好想請您來看看。

上星期五，查比小少爺又來了，剛好碰上匆匆忙忙要去趕火車的瑪格布萊德、茱莉亞和我。

您猜我們要上哪兒去呢。我們正要去普林斯頓大學，去參加舞會及球賽。

很抱歉！我想您的秘書大概又要說不行，所以沒徵求您的意見。可是這件事完全是照規定做好。我們事先向學校提出請

假申請表，而且請瑪格布萊德夫人做我們的監護人。那是一段很快樂的時光，至於詳細情況恕不奉告。

我想如果您知道太多事，又要吹鬍子瞪眼了。

〈星期六〉

天還沒亮就起床了。夜警把我們六個人叫起來。然後，在小爐子上煮了咖啡（有一大堆渣的咖啡）後，走了三公里，爬到有一棵杉樹的山頂去看日出。最後的山路簡直快令人窒息身亡了。太陽差一點就要昇起。接著，您已經知道我們是肚子餓得咕咕叫的回來了吧。

本來想告訴您，長新芽的樹、運動場鋪上煤炭渣的跑道；罹患肺炎的凱撒琳．布連迪斯．普利琪因為她的安哥拉貓的小孩（小貓咪）走失了，已經連續兩個星期沒踏出宿舍一步，直到女傭告訴她在哪裡才知道下落；還有我的三件新衣服——白色的、粉紅色的，以及有藍色水珠花樣的，並有搭配它們用的帽子！可是我實在好睏……我總是用好睏當藉口搪塞。

可是女子大學是個很忙碌的地方，過完一天，真的是已經精疲力盡；再加上那一天是從天還沒亮就起來的話，那就更嚴重了。

摯愛您的　朱蒂

五月十五日

長腿叔叔：

坐車的時候，一定要正視前方，不可以窺視他人，這真的是好規矩嗎？

今天有一個穿著天鵝絨洋裝的美女上車後，整整十五分鐘，臉上的表情毫無變化，一動也不動地坐在那兒直盯著吊帶褲海報看。像這樣以為自己很了不起，瞧也不瞧旁邊的人，要說是有禮貌，我不敢苟同。反正，這樣的人一定會吃虧。她盯著滑稽的海報看時，我已經把車上所有有趣的人從頭到腳都仔仔細細地細觀察一遍了。

下面這幅畫是第一次讓您欣賞的，看起來很像是蜘蛛垂在絲上掛著吧！並非如此，這是我在體育館練習游泳的畫像。

老師在我背部的帶子上打了一個結，連著吊在天花板上的滑車動

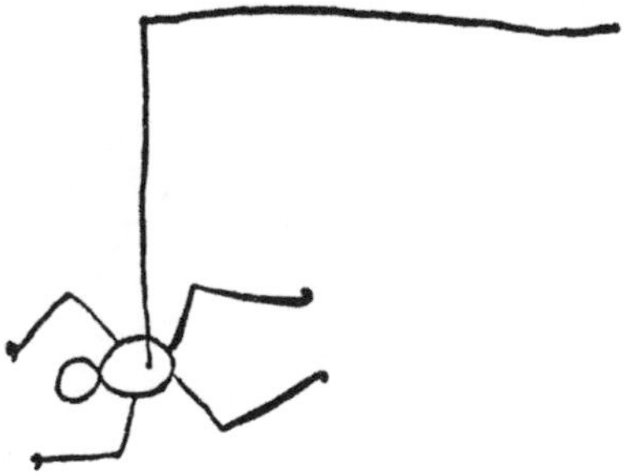

來動去的。如果信任老師的話，這不失為一個好辦法。可是我一直擔心著老師綁的結是不是鬆了，一顆心像吊桶一樣，七上八下的，總是一隻眼睛盯住老師，另一隻眼睛游泳。這樣子兩邊分心的結果，成效當然不好。

最近天氣變化無常，我剛剛開始寫這封信時下了雨，現在卻出了大太陽。我和莎莉現在要去打網球，這樣子就可以不必去上體操課。

〈一週後〉

本來想早點把這封信寫完的，一直拖到現在。如果偶爾不按照規炬來，叔叔不會生氣吧。給叔叔寫信真的是我最大的快樂。這樣子寫信，就像是自己也有家人似的，不必對任何人感到不好意思。

想不想知道好事呢。事實上，我不只寫信給叔叔而已，另外還有兩個人。這個冬天我收到了好幾封查比小少爺寄來的信。（為了不讓茱莉亞發覺，姓名全都用打字機打的。）您聽了一定嚇一跳吧！還有，幾乎可以說是每個星期都接到從普林斯頓大學寄來，黃色信紙上寫著醜醜的字的信。每封來信，我都一一回了。叔叔，您看看我，我和世間其他女孩毫無兩樣——連我都能收到男士寄給我的信呢！

我告訴過您，我被選為四年級話劇社社員的事嗎？這個社的成員都是精挑細選出來的，全校一千人當中只要七十五人。叔叔，身為一個社會主義者，加入這種社團不知道好不好。

您知道我現在在社會學課程學些什麼嗎？我現在在寫「關於扶養小孩的福利」的報告。老師把一大堆題目記在紙上塞給我們，偏偏分給我的是這個題目。好奇怪！

晚餐的鐘聲響了。走過郵筒，就把這封信投進去。

摯愛您的

J

六月四日

長腿叔叔：

好忙！好忙！十月過了就是結業式，第二天就考試了。要唸的書堆得像山，要整理的行李也堆得像山，而且外面滿山遍野美景如畫，裡面卻像被機關槍掃射過一樣，令人洩氣不已。

可是沒關係，馬上就放假了。茱莉亞這個夏天好像要出國，已經是第四回了。叔叔，這對乖乖的小孩來說，好像太不公平了哦！

莎莉一如往常，要去亞廸隆・達克斯山莊渡假。叔叔，您覺得我應該去哪裡？叔叔，有三個地方，請您猜一下，是洛克威勒嗎？不對。和莎莉去渡假山莊？不對。（我不想再嘗試第二次提出要求，去年的經驗就夠了。）您還猜得到是哪兒嗎？叔叔好像有點後知後覺呢！如果叔叔不再不告訴我原委就要我做什麼，我就告訴您；而且我也要告訴叔叔的秘書，我已經下定決心。

今年夏天，我會和一位查爾斯・帕塔森夫人去海邊，監督她這個秋天要進大學的女兒。是瑪格布萊德夫人介紹那位太太給我認識的，她是一位很有魅力的女士。

我教國文和拉丁文，但是也會有自己的時間。而且一個月還有五十塊錢可以拿。這筆巨款一定使您大吃一驚吧！但這是帕塔森夫人決定的，沒辦法啦！

我會在瑪格諾利亞（帕塔森夫人的別墅所在地）待到九月一日，剩下的三個星期要待在洛克威勒。我好想馬上看到辛普爾太太以及那些動物朋友們。

叔叔，這個行程排得如何呢？我已經可以自食其力了。是叔叔讓我站起來的，我幾乎快要可以一個人行走了。

普林斯頓大學的結業式剛好和我們的考試撞期。好失望！本來我和莎莉想要趕去參加，現在當然來不及了。叔叔，再見了，祝您有個愉快的夏日假期。到了秋天，又可以開始一年的課業，好好的休息，養足體力再回來。（事實上，這種口氣應該是叔叔寫給我的才對。）

我完全不知道叔叔到了夏天會做些什麼有趣的活動來打發時間，我一點也想像不出叔叔周遭的景象應該是個什麼模樣。叔叔喜歡打高爾夫嗎？打獵，還是騎馬呢？或者是喜歡曬曬太陽，想想事情呢？

不管您愛做什麼活動，都祝您有個愉快的時光。還有，不要忘了小朱蒂哦！

六月十日

長腿叔叔：

我第一次寫這麼難寫的信。既然我已經決定自己要做的事，現在更不可能改變心意。這個夏天您邀請我去坐遊艇，我很高興。有一段期間，還被這番話弄得六神無主，可是在冷靜地考慮之後，我決定拒絕。

已經在大學受到您的金錢支助，還要您破費讓我去玩，太說不過去了。

我不想讓您留下我的奢侈的印象。任何人對於不曾擁有的東西如果不能擁有，就不會那麼悲傷；但是只要擁有過一次，再想要忘掉是很痛苦的。

對我而言，和莎莉、茱莉亞一起生活是需要相當的努力的。她們從還是小嬰兒時就什麼都習慣了，因此，獲得幸福是理所當然。這世上彷彿有欠於她們，她們想要的東西，隨時都可以變成她們的。可是我就不是這樣了，這個世界什麼也不欠我。

我舉的例，好像有點語無倫次，不知道您是否了解我的意思。

總之，這個夏天教教別人，一個人生活看看，我想這才是我最應該做的事。

〈四日後　瑪格諾利亞〉

您知道我在寫這封信時，發生了什麼事嗎？女傭拿了一張查比小少爺的名片給我。他在今年夏天也出國了，並不是和茱莉亞他們家一起去的，就只一個人去。還說是叔叔告訴他，要他「充當某位年輕小姐的監護人，並且帶她去歐洲。」

他知道叔叔的事，因為他知道我是雙親過世後，受到一位仁慈的老爺爺幫助才唸大學的事。可是，我實在是沒有勇氣告訴他約翰．葛利亞孤兒院和其他的事。

他真的以為叔叔從很早很早以前就是我們家族的保護人，所以我並沒告訴他我還沒見過您。我想他一定會覺得很奇怪。

總之，他邀請我去歐洲，還說去歐洲這件事是教育的一部分，不可以拒絕。同時，還說他也要去巴黎，所以還可以從隨行的老婆婆身邊逃開，和我一起去很棒的外國餐廳吃飯。

叔叔，這實在是太動人了，我差一點就要投降了。如果他不是用那種命令似的口氣，我可能會心動。我是非常介意一言一語都得規規矩矩的態度，更討厭被命令。他也說了，我是一個不知好歹的小女生，固執又不通情理。（這只是侮辱的一部分，其餘的我不想說了。）什麼叫做不知道是為自己好，必須聽年紀大的人說的話。差一點點兩個人就要吵起來了——或許這已經算是在吵嘴了。

我只好趕快收拾行李到這邊來。給叔叔的信還沒寫完時，先把橋燒掉比較保險。去歐洲的橋，已經變成一堆灰燼。

我現在在克里夫托普（帕塔森夫人別墅的名字），行李已經放好，開始教佛羅倫絲（年紀比較小的小姐）拉丁文了。這個小孩子非常嬌生慣養，我得先教她讀書的方法才行。到目前為止，她還沒有做過比集中注意力在冰淇淋蘇打上更難的事。

我們現在在懸崖上看書，（帕塔森夫人說，小孩子應該儘量待在外面。）身邊是藍藍的大海，還有飄來盪去的船，想要不分心還真難。到最後，我竟以為自己也乘那艘船到外國去了。

但是，除了拉丁文文法以外，腦袋裡什麼也沒有。

叔叔知道這種全心全意投入工作的感覺嗎？只是請不要想得太壞。還有，請您不要有我都不知道叔叔對我好的想法。我永遠都感激您，永遠永遠！

我可以報答您恩惠的唯一一件事，那就是成為一個有用的市民。

然後，叔叔便可以看著我說：「把那個有用的市民送給這個世界的人是我。」

能夠這樣的話，那就太棒了。可是我還是不希望造成叔叔的錯覺。我仍然常常自認為自己不過是一介平凡女子而已。

考慮將來種種實在很愉快，可是要怎麼做才能使自己成為和普通人一樣平凡呢！也許嫁個開葬儀社的老公，給老公一個好印象後，就此終老，度過平凡的一生也說不定。

再見！

朱蒂

八月十九日

長腿叔叔：

從我房間看出去的風景，令人心曠神怡。

夏天慢慢走遠了。一整個上午我都和拉丁文、國文、幾何，還有兩個學得很不好的小孩一起耗過。瑪利安這樣子真的能唸大學嗎？即使進了大學，我很懷疑她是否唸得下去。佛羅倫絲一點也沒進入狀況；可是，她真是個漂亮的小女孩。只要長得好看，即使頭腦不靈光，也沒有什麼關係吧！

下午在懸崖上散散步，如果風平浪靜的話，還可以游泳，聽說海水很好游。叔叔，這樣一來，我所受的教育就可以派上用場了。

我接到查比小少爺從巴黎寄來的信，很簡短的一封信。如果不告訴您他說的話，您又要把我想壞了。他說如果趕得及回國的話，會在開學前四、五天在洛克威勒農場和我見面；還說，如果我是聽話的乖小孩的話，就要和我和好如初。（我想，這封信的意思應該是這樣子吧。）

莎莉也來信了，信上問我要不要在九月時去那兒住兩個禮拜。我想這一定得經過您的批准才行，我還不到可以自己決定事情的年齡吧！其實，我已經很大了——已經四年級了。工作了一整個夏天，如果能夠放鬆一下筋骨也不錯。我好想去見識見識亞廸隆．達克斯，好想看看莎莉，而且也想見莎莉的哥哥——想請他教我划獨木舟。而且，（這也是我想去山上最主要的理由，雖然有點卑鄙。）如果查比小少爺在洛克威勒的話，我就可以不必看見他了。

我希望他能了解我為什麼不遵守指示。

對我指示的人，除了叔叔之外，別無他人；即使是叔叔，我也不能一輩子都聽從他的。

等一下，我要去森林走一走。

朱蒂

九月六日

瑪格布萊德山莊長腿叔叔：

叔叔的信已經來不及了！（好在好在……）如果要我照您的命令行事，一定要讓秘書在兩個星期內傳達才來得及。您瞧，我已經在這兒待了五天。

森林好棒好棒，別墅、天氣，還有瑪格布萊德的家人們，一切的一切都是如此美好。我實在感到很幸福。

傑米在叫我去划船了，那麼再見了——違背您的意思，萬分抱歉！不過，我真弄不清楚叔叔為何連讓我有一點點玩的時間都要反對呢？工作了一整個夏天，玩兩個星期不是很正常嗎？叔叔簡直跟伊索寓言裡那隻愛欺侮人的狗一樣。

但是我還是很愛叔叔的，雖然叔叔有一大堆缺點。

朱蒂

十月三日

長腿叔叔：

已經回到學校。四年級了，我現在已經是校友雜誌的編輯。這個無所不知的女人，四年前還在約翰·葛利亞孤兒院蹲著呢。美國實在是一個進步神速的地方。

叔叔，您覺得怎麼樣呢。查比小少爺從洛克威勒寄出的短短信函，輾轉流落到這兒來了。信上說，秋天沒去農場實在很可惜，由於朋友要他一起坐船出海，祝我在農場有個愉快的暑假。

他明明曉得當時我在瑪格布萊德夫人的家裡，因為茱莉亞已經這樣通知他了。男人如果想要要詭計的話，還是交給女人來辦吧。在這方面，男人想要做得天衣無縫是很難的。

茱莉亞帶著滿滿一皮箱令人眼花撩亂的新衣服回來，其中的一件莉帕迪店（法國一流的絲織品店）做的如彩虹色澤般的洋裝，如果是穿在天堂的小天使們身上該多美。儘管如此，我仍以為我今年的服裝是空前絕後（這句話形容得恰當吧！）的美。我在便宜的服飾店訂製了一件模仿帕塔森夫人洋裝的衣服。雖然不是一模一樣，可是至少在茱莉亞打開皮箱前，我已經很滿足了。只是一看到那件巴黎的衣服，就什麼都懶得說了。

叔叔一定很慶幸自己不是女人，也一定覺得在衣服上大作文章實在是太無聊。沒錯！事實上也是如此，可是，那是因為你們男人沒辦法如此。

叔叔聽過一位很有學識的教授提倡女人應該去掉所有不必要的裝飾，只穿實用衣服的事嗎？那位學者的太太很聽話，真的身體力行「服裝改革」。可是，您知道他先生後來做了什麼嗎？跟一個歌舞女郎跑了。

永遠是您的　朱蒂

F.S　管理我們這層樓的女傭，穿著藍格絨圍裙。我要去買一件咖啡色的圍裙給她，把那件藍格子沈到湖裡去。每回看到她穿那件，總讓我想到孤兒院的事，心驚肉跳的。

十一月十七日

長腿叔叔：

正當我要往作家的伸展舞台大步邁進時，卻發生了一件不幸的事。我不知道是告訴叔叔好呢，還是不要說的好，不過我很需要您的同情。但是可要默默在心中同情哦！這次告訴您，希望您不要打開傷口。

我在去年冬天的每個晚上，以及今年夏天不教那個頭腦不靈光的小姐拉丁文時，都在寫小說。剛好在開學前完成，送到出版社去。出版社「考慮」那本小說已經兩個月了，我還以為他們大概會錄用吧。

沒想到，今天早上限時專送送來一個包裹，打開一看，是附了一封信的小說原稿被退還回來。看起來像是和藹可親的父親寫的信，其實是非常坦白的一封信。

信上說，從地址看來，妳還是大學在學的學生。如果妳可以接受別人的忠告，現在應該把全副心力放在學業上。要寫小說的話，可以等到學校畢業後再開始也不遲。信上也附了編輯部的批評文，是這麼寫的。

小說的主題很有趣，人物描寫太過小題大做？對白部分不夠自然。雖然有很多幽默之處，但並不高明。請轉告那位從此要開始小說生涯的人糾正這些缺點，如此一來，有朝一日必定能創造出一篇眞正的好小說。

叔叔，怎麼看這都不是一篇會使人高興的批評。

可是，即使如此，我仍打算要對美國文學有所貢獻。真的，材料我已經在去年冬天住茱莉亞家時收集好了。可是，我想出版社的顧慮也是對的。才兩個星期，怎麼可能把大都會的風俗人情都弄清楚呢。

昨天下午，帶著那份原稿出去散步，經過瓦斯小屋前，進到裡面去說：「可以借用一下爐子嗎？」工人說請便、請便，就打開了爐子的門。我親手把原搞投入熊熊烈火中，那種悲痛就像親手火葬自己的獨生子。

昨晚，帶著悲傷進入夢鄉去了。

我絕對不能做一個沒出息的人，讓叔叔平白無故地花了那麼多金錢。

但是叔叔，您覺得怎麼樣，早上眼睛一睜開，又有一部完美無瑕的小說構想出現在我的眼前。因此，今天一整天心情非常充實愉快，忙著構想小說中出入的人物造形。

誰都別想把我歸類於悲觀論者。

假設我的老公跟十二個小孩因為地震，一天之中全給埋到地底下去了，隔天早上我一定又會笑容滿面地從床上跳起來；我會再去找一個新老公和一大堆小孩！再見了。

朱蒂

十二月十四日

長腿叔叔：

昨晚做了個非常奇怪的夢。我夢見我到一家書店去，店員拿給我一本叫《朱蒂・亞伯特的生平與書信》的新書。我記得很清楚，是一本紅色布裝訂的書，封面上印著約翰・葛利亞孤兒院的畫。在我的照片及卷頭插畫上寫著「永恆的朱蒂・亞伯特」。

可是，想接著看看結尾在自己墓上的墓誌銘時，就醒過來了。太可惜了！只要再一下下，就可以知道自己嫁給誰，死於何年何月何日。

讀一位知道自己一生發生的所有事情的作家所寫的書一定很有趣。

讀過那個故事後決不會忘記，每個人從開始就已經知道自己將做什麼事，到最後會變成什麼下場？而且還知道自己的死期何時來臨。

這麼一來，到底還有誰會有勇氣去看這本書呢？但又有多少人能壓抑住好奇心不去翻閱它呢？即使知道看了那本書後，希望會消失，從此平淡無奇的終老一生。但就算如此，只會激發更想看的強烈慾望！
不管人生有多美好，也不會有太大的變化，還不是吃吃睡睡。如果這中間不發生個意外的話，那多無趣。
哎呀，糟糕！叔叔，墨水漏出來了。可是都寫三頁了，實在沒辦法再重寫一次。
這封信越來越難下筆。叔叔，您一定開始頭痛了吧。不寫了，我現在要做點心去了。很可惜不能送點心給您。我們在點心裡放了真正的牛奶和三顆奶油球！非常非常美味可口！再見了。

朱蒂

F.S. 最近體操課的時間在教舞蹈，您只要看一下書一就知道我們跳的是多麼正規的芭蕾舞了。圖中那位舞姿最優美的——當然就是我。

十二月二十六日

長腿叔叔：

叔叔是不是缺乏常識呢？難道不知道不能給一個還是少女的小女孩十七件聖誕禮物嗎？請不要忘記我是一個社會主義者！叔叔難不成要把我變成一個資本主義者？

如果我和叔叔吵架一定會很頭痛。要退還叔叔送我的禮物，至少也得雇一輛搬家用的卡車才夠。

很抱歉送給叔叔的領帶皺巴巴的，那是我親手編的。天氣冷的時候，請千萬要記得把外套的扣子都扣好後才打領帶。

叔叔，真的很謝謝您。叔叔是世界上最最親切——而且，也是第一號大傻瓜。

朱蒂

F.S.

祝福您新的一年幸運，隨信附上在瑪格布萊德山莊摘到的四葉幸運草。

一月九日

長腿叔叔：

叔叔，您想做一些有意義的事嗎？這些事將保證您成為永恆的拯救者。這附近有個被生活的重擔壓得喘不過氣來的家庭——父母親及在家的四個小孩。雖然年長的兩個男孩子都已開始做事賺錢了，但早已離家，也不曾寄分文回來。父親曾在玻璃工廠工作，結果罹患了肺病，那裡是個非常危險、不健康的工作場所。現在，父親就在醫院裡就醫，也因此，僅有的一點存款也花費殆盡了，一家子的生活重擔就落在廿四歲的長女身上。她白天在做衣服，日薪美金一元五十分，（假如有這種工作機會的話。）晚上則做花瓶墊刺繡。

她母親對前途很茫然，身體又很虛弱，什麼忙也幫不上。眼看著自己的女兒如此拼命，操心得身心俱乏，卻也只能袖手旁觀。整天就像一幅遺棄世界的人像畫，坐在那裡一動也不動，心想：「這女兒不曉得能不能撐到家境改善為止，這一切似乎像個無底洞般毫無止境，而我卻一點忙也幫不上。」

如果有一百元美金的話，他們可以買煤炭，三個小孩也可以上學，更可以買鞋。如此一來，就算兩、三天沒有工作，女兒也不會擔心沒錢過日子。

您是個富有的人，送給他們一百美金應該輕而易舉吧！那個女孩比我更需要實際的幫助。就是為了她，我才向您求助；至於那個母親——就像一隻吸住女兒精力的水母一般——會發生什麼事，我毫不在意。

我自己雖也了解這一切的苦難，或者應將其歸結為「神的旨意」，而採取認命的態度。但這些事情卻總令我生氣不已。謙虛、或者順從可有許多種表現方式，而非僅僅是這種無能、散漫的應對態度。我的信仰比較偏向勇敢地面對。

現今的哲學似乎難以啟齒於課堂上——明天只是未知的將來。哲學教授們無法理解我們還讀了哲學以外的學科。哲學系放眼望去皆是老教授，每個人都像頂著一片雲走路般，偶然稍觸地面，頓時就如觸電般茫然。即使如此，有時也會在課堂上談些什麼有趣的事，談談俏皮話——我們也是盡力地以滿臉笑容來回應——這真是個笑話吧！那些笑話都不具有任何意義。教授總是把時間花在課業中是否還存在某些東西，或是自己如是想法是否正確等這類問題上。

若是在隔間的房子裡，對於是否有東西存在的疑問，是絕對肯定的。

我最新完成的小說有什麼可看之處呢？只是一堆紙屑罷了！作者對本身的作品都抱持著如此

消極的態度，對在無情無義的世界裡載沉載浮的人會有什麼樣的看法，那就可想而知了！

J．A

〈再次提筆〉

從病床上掙扎著爬起來，給叔叔寫信。我因扁桃腺腫大，已被迫臥床兩天了。除了終於再嚐到溫暖的牛奶流過喉嚨的快感，此外，什麼東西也無法吞食。當醫生問及「妳小時候若扁桃腺沒有消腫時，妳父母親會如何處理呢？」其實，就連我自己會如何解決都不知道，這大概是我從不認真地想到自己吧！

〈第二天早晨〉

再度提筆寫這封信之前，我又重新檢視了一次我的信，發現不知為何，我的人生竟充滿了灰色。於是就急忙改寫，我應該是充滿年輕活力、幸福、活潑的。我想叔叔也這麼認為吧！其實，說到年輕並不一定和年齡有關，只要是有神采奕奕的精神即可。因此，就算叔叔已有了白髮，內心卻還是個年輕人！再見！

朱蒂

一月十二日

慈善家先生：

前幾天提過的那一家待援助的受苦者，我已從一位慈善家手中收到了救助他們的支票。今天我蹺了體操課，吃過晚飯後就送過去，那姑娘欣喜的表情，應該讓叔叔看一看。

由於毫無心理準備，驚喜及隨之而來的放心都展現在這年輕人的臉上——到底只有二十四歲而已，令人感到痛惜！無論如何，她現在覺得好像幸運的事將接踵而來似的。在此之前，她已工作了兩個月，目前正為一個要結婚的人縫製嫁衣。

「感謝上帝！」

當那個母親知道那張紙是一百美金時，她叫出聲來。

「不是上帝給的，是我的叔叔。」

（我告訴他是史密斯先生）我說。

「但是，是上帝派他拿給我們的！」

那位母親說。

「沒那回事，是我拜託他的！」

我又重覆一次。

不管怎樣，叔叔的善行定會有好報，我堅信著，即使在煉獄的生活也可減免一百年吧！

衷心感謝的　朱蒂

二月十五日

最高貴的陛下，願您事事如意：

今早我的早餐是冷火雞派和鵝肉，還喝了我從未喝過的茶（中國茶）。別胡思亂想，叔叔——我並沒有迷失了自己，我僅是引用了撒姆耳・丕平的話，目前我們正在研讀他所著的英國古代史。

莎莉、茱莉亞和我三人，最近常談到一六六〇年代的事情——請聽聽看這個：

「我到查琳・克羅斯去看哈里遜少校被吊首、拉曳與肢解——他看起來就像任何處在同等情況的人一樣快樂。」

再聽聽這個：

「與夫人一起用餐，她為了昨天因腦髓膜炎而去世的弟弟，穿著一件非常美麗的喪服。」

還在服喪中，即邀約朋友到家中作客，我是覺得稍微過份了點，您覺得呢？

再則，丕平的一位朋友為填補國王借款的漏洞，想要向國民推銷腐爛的食品，這真是非常狡猾的作為。叔叔，以一個改革者來說，您認為如何？我可不相信，我們所處的今日社會就像報紙上描繪的那麼糟。

撒姆耳像女孩一樣熱衷於挑選衣服，在置裝費上，他竟比他的妻子還多付出五倍。那個時代，可能是身為丈夫者的黃金時代吧！接下來這一句，更賺人熱淚，卻是真實的事：「今天，所有裝上金鈕扣的駱駝皮製外套已送達，如此高價的東西，要將這貸款付清，可得求神了。」

我竟一直提及撒姆耳，真對不起！這是因為現在我正針對他來寫論文的緣故。

有個大消息要告訴您。學校自治會已決議廢止十點熄燈的規定了。只要不打擾到別人，即使整夜開燈也沒關係。不過，也為了不影響他人，呼朋引黨可也不行！但是，此結果也充分表現出人的心理。現在，不管多晚睡都可以，卻也沒有人想一直不睡。大約九點時，就開始打盹，到了九點半，筆都握不住了。現在九點半了！晚安！

〈星期天〉

剛剛才做完禮拜回來。佈道者是來自喬治亞州的人，在他所說的話當中，要我們注意到不要犧牲情操的素養，一味地發展智力。雖然，見仁見智，但我覺得此次講道內容貧乏無趣。不管是從美國本土的那個地方來，或是從加拿大遠道而來，雖有宗派之分，但我們接受的都是相同的道理。是否這人進了男子大學後，用腦過度，只記得勸人布施，卻忘了怎麼說道給大家聽。

今天真是美麗的一天，既下霜又結冰，冷得像刀割的晴天。吃完飯後，就和莎莉、茱莉亞，還有馬提、艾利羅亞，（這兩個人也都是我的朋友，但是叔叔您卻是第一次聽到。）五個人先滑了一小段距離的冰，然後就玩競走到克利斯坦露的農場去。在農場吃過了炸雞及蛋糕的晚餐後，克利斯坦露就用馬車送我們回學校。回來大約是七點鐘吧！但又談了一會兒，大約八點才回到家。再見！

您忠誠的侍從　J．亞伯特

三月五日

董事先生：

明天是這個月的第一個星期三，是約翰．葛利亞孤兒院院童討厭的一天。孩子們五點過來，董事們撫摸他們的頭，毫無誠意地拉著他們，這是件多麼無聊的事啊！叔叔您可親手摸過我的頭嗎？就我印象所及，大概是沒有吧！您可知道，這些董事可都是大胖子呢！

請代我向孤兒院問聲好——衷心地想傳達出我對他們的愛。雖然已事隔四年，如今回頭一想，竟感到相當地懷念。剛進大學時，總覺得別人是從正常生活長大的孩子，若是知道了我在孤兒院成長的事，不知道會多麼鄙視我。然而，現在我不再有此種感受了，反而覺得在孤兒院的生活體驗是多麼難得的經驗。

那地方的生活像是對人生的見習，給了我參與的窗口。等到我完全長成，步出孤兒院後，才真正地見識到真實的人生。這些認知可是在豐裕的家庭生長的孩子所欠缺的能力。

對於自己的幸福毫無意識的女孩子們（像茱莉亞等），不也很多嗎？他們似乎已麻痺了去感覺幸福、體驗幸福。

然而我們——即使是瞬間，我們也能完全感受到幸福；因此，只要有稍不愉快的事情發生，就立即覺得不夠快樂、幸福。不過，也因此知道是什麼原因在作祟（如牙痛）而覺得慶幸。

「不管是怎麼樣的天空，要勇敢地去面對我們所被賦予的命運。」

此刻，我們所給予約翰．葛利亞孤兒們的感情，是筆墨無法形容的。假若今天我也有五個小孩，我會盡力地養育他們，而不是將他們丟棄在孤兒院門口。

請代我向里貝特院長問聲好，（過於親密，會令人覺得噁心不真誠。）我定會好好培養堅毅而強韌的性格。別忘了告訴她，我有多麼美好的性情。再見！

朱蒂

四月四日

洛克威勒農場長腿叔叔：

您看到郵戳了嗎？莎莉和我利用這次復活節的休假到洛克威勒來，這兒可熱鬧著呢。我們一致決定這十天的最好休假方式，就是找一個安安靜靜的地方躲起來。我們的神經已經快要撐不住，再也不能忍受佛格森宿舍的餐廳了。和四百人一起在餐廳吃飯，累的時候是非常痛苦難挨的。吵得連桌子對面的人要說話，還得兩手搗成喇叭狀，大聲叫喊才聽得到，真的！

兩個人每天在山丘上散步，讀讀書、寫寫東西，過著安逸的假期。今天早上還爬到上次和查比小少爺一起野炊的史伊卡山頂——誰能相信已經過了兩年。我還看到我們升柴火弄黑的那塊地方。他不在身邊，好寂寞——雖然這種心情只存在整整兩分鐘的時間。

叔叔知道我最近都在做些什麼活動嗎。叔叔一定會認為這個孩子已經無可救藥——我在寫小說。從三個禮拜前，我就加緊趕工了。我終於知道要訣了，查比小少爺和編輯部的人所言正確。寫自己最熟悉的事，才能真正打動人心。這次，我要把我所知道的事完完整整地寫出來。你猜得到故事發生的地點嗎？——約翰．葛利亞孤兒院。叔叔，我想這次應該可以寫得不錯。只不過，都是些那邊每天發生的芝麻小事。

這本小說已經完成，而且也預定要出書。至於風評如何，請您拭目以待。含淚播種的，必歡笑收割。我一直盼呀盼了四年，希望叔叔能給我回信，從今以後也不會放棄希望。

您親愛的　朱蒂

P.S.　忘了告訴您農場的新聞。是個不幸的消息！可憐的克勞白走了，牠太老了，連草都嚼不動，不得已只好用獵槍結束了牠的生命。

五月十七日

長腿叔叔：

這是封短短的信函。因為我只要一看到筆，肩膀就開始痛。白天要記上課筆記，晚上寫太多小說。

畢業典禮在下個星期三後的第三個禮拜。叔叔一定會參加吧——如果您不能來，我會遺憾終生。茱莉亞請了查比小少爺，因為他是親戚。莎莉請傑米來參加，因為他們是家人。我應該請誰來呢？我能邀請的人只有叔叔和里貝特院長，可是我不要里貝特院長來參加我的畢業典禮。

拜託！拜託，您一定要來。

苦惱於手指痙攣症的　朱蒂

六月十九日

洛克威勒親愛的長腿叔叔：

我完成大學教育了，畢業證書連同兩件最好的洋裝一起收到衣櫥下的抽屜裡去了。畢業典禮跟往常沒什麼兩樣。臨到感人的時刻，還下了兩、三次雨。謝謝您送的玫瑰花束，很好看。查比小少爺和傑米也送我玫瑰花，我把他們給我的花插在浴室裡，捧著叔叔給我的花束湮沒在畢業生的行列中。

我打算在洛克威勒度過這個夏天，說不定從此就一直待在這裡了。這裡伙食費很便宜、又安靜，是個寫小說的好地方。

我現在熱衷於小說創作，眼睛睜開時，不停地想著，晚上則在夢裡想。我現在極需的是工作時間、平靜、一個人獨處（偶而也要有一頓補充營養的大餐）。

查比小少爺說會在八月份來這兒待一個禮拜，傑米也說會在夏天這段期間來看我。傑米在證券公司上班，現在在地方上推銷證券；剛好這次會因為科納斯的「國家農民銀行」的公務，順道來看我。

就是連在洛克威勒這種地方，也少不了要交際應酬。也許叔叔會在開車旅行時，順道到這兒來歇歇也說不定。但是我知道那是不可能的事，連我的畢業典禮您都不參加了。我已經大徹大悟了，要把叔叔從我的心中抹去，永遠不復存在。

文學士　朱蒂·亞伯特

七月二十四日

最喜歡的長腿叔叔：

工作是件多愉快的事，叔叔有過這種經驗嗎？特別是能做自己最想做的事時，那就更美妙了。這個夏天我會讓我的筆不停的工作——寫小說。

我已經完成小說第二部分的原稿，明天早上七點半開始寫第三部分。這部作品是前所未有的好作品——真的！除此之外什麼都不想。早上起床到上工之前，換衣服啦，吃早餐啦，實在令人不耐煩。一吃完飯，馬上開始搖筆桿，寫到精疲力盡為止。接著帶柯琳（新養的牧羊犬）到外面去散步，想想明天要做的事有那些。這是到目前為止最好的一部小說。抱歉、抱歉——剛才已經寫過了。

叔叔不會覺得我很自大吧。

暫時談些其他的事吧。叔叔，我通知過您亞馬賽和凱莉在五月結婚的消息嗎？他們都繼續在農場工作，可是我不再能看到他們相親相愛的情景了。從前亞馬賽因為腳下的泥巴把地板弄髒時，凱莉只是好玩地笑一笑，可是，現在卻會馬上翻臉呢！

傑米上個星期天來過了。午飯請他吃炸雞和冰淇淋，他好像很喜歡吃。能見到傑米我真是太高興了；雖然只是短暫的一刻，卻讓我想起外面還有一個大世界。

可憐的是，傑米賣證券賣得很辛苦。他終究還是會回到他的父親身邊去經營家產吧。像他這麼老實正直，太容易讓人欺侮，一定不會在證券業上有發展的。在景氣好的時候做做作業服工廠的管理人，著實令人羨慕不已。雖然現在他看也不看作業服一眼，但是不久就會投降吧。再見！

朱蒂

F.S

郵差伯伯帶來了消息，查比小少爺會在星期五來這兒做一個禮拜的停留。這真是令人振奮的好消息，不過，我的小說可要遭殃了。查比小少爺是個很囉唆的人。

八月二十七日

長腿叔叔：

叔叔，您到底身在何方？

我雖然不知道叔叔在世界上的哪一個角落，不過只要您在這酷熱的季節裡遠離紐約就好了。最好是在某處的山上，（不是瑞士、更近一點的。）一邊欣賞雪景，一邊想念我。請您把我放在心上吧。

我太寂寞了，希望有人能想念想念我。

啊……叔叔，我真想看看您，那怕只要一次就好。這樣子的話，當我們悲傷時，就可以彼此安慰對方了。

我在洛克威勒再也待不下去了，想要搬到別個地方去看看。莎莉今年冬天要到波士頓的貧民救濟機構工作。您覺得我也去好不好？莎莉在貧民救濟機構上班時，我就寫小說；夜晚，兩個人一起生活。除了和辛普爾先生、亞馬賽及凱莉聊天外，沒有其他說話的對象，漫漫長夜，令人望之卻步。我知道叔叔會反對新的工作這種事，我現在彷彿已經看到秘書的信了。

朱麗莎・亞伯特女士啓

史密斯先生希望妳永遠留在洛克威勒農場。

艾瑪・H・葛利古斯

我最討厭叔叔的秘書。但是叔叔，我真的要到波士頓去了。我實在沒法子在這兒待下去。如果再沒有什麼新鮮事發生的話，我會發霉，甚至要跳到馬廄裡去了。

怎麼會這麼熱，所有的草都燒焦，小河裡的水都乾了。道路上塵土灰揚，已經好幾個禮拜沒下一滴雨了。

這封信看起來像中暑；其實不然，只不過是有一個人非常渴望有親人而已。

再見，我最喜歡的叔叔。

渴望見到您的　朱蒂

九月十九日　洛克威勒

發生了一件我不得不和您商量的事。這件事除了叔叔之外，全世界再沒有人能給我適切的建議。我能不能和您見一面呢？比起寫信，說話要輕鬆多了，而且我擔心您的秘書也許會打開我寫給您的信呢！

朱蒂

P.S. 我非常的不幸福。

十月三日

洛克威勒長腿叔叔：

叔叔寫的——顫抖的字體——信，今天早上送達了。知道您生病了，我真的很難過。如果我早一點曉得，就不會讓您再為我的事操心了。現在就向您報告困擾我的事，而且寫在信上的是件非常錯綜複雜的事，請您一定要保密。這封信請不要留下，看過後請馬上燒掉。

在告訴您之前，我先放了一張一千塊錢的支票進去。我竟然會送支票給叔叔，很奇怪吧！您知道我是從哪兒得到這筆錢的嗎？

叔叔，小說賣出去了。分成七回在雜誌上連載，然後再出單行本。叔叔一定以為我現在已經高興得得意忘形。但是，您錯了，我很冷靜。當然，能把錢還給叔叔，我還是很高興。——我至少還向您借了兩千塊錢以上，這些錢，請讓我分期還給您。現在請您先收下這筆錢，不要說任何話；因為把錢還給您，可以使我感到幸福。我不僅僅欠叔叔很多錢，還欠叔叔太多太多的恩惠；這些，我只能用我一輩子的愛和感激來報答您了。

叔叔，現在我要換個話題了。不管您是否很在意都沒關係，請您只要以平常心來聽我敘說就好了。

叔叔也知道，我一直對叔叔有著一份特別的感情，因為您是我所有的家人。但是我如果告訴您，我對叔叔以外的其他男士也有特別的好感時，叔叔不會介意吧。叔叔應該知道我說的那個人是誰吧!?

我發現從很久以前開始，我的信上寫的都是查比小少爺的事。

如果能讓您看看查比小少爺是什麼樣的一位青年，我們兩人是多麼地情投意合的話該有多好。我跟查比小少爺總是看法相同，也許是我自己的看法在配合著他。但是，他大部分是對的，應該是如此，因為他比我早十四年來到這個世界上。

可是，在其他事情上面，他就像是個大孩子，我必須常常看著他。像是下雨了，他不曉得要穿上雨衣。我們近乎奇怪地總是有同樣的想法，這是非常重要的。如果兩個人想法不同就不得了了！因為沒有橋可以跨越那種鴻溝。

而且他……我不知道要叫他什麼才好。只要他一不在我身邊，我就好寂寞。非常寂寞非常寂寞！世界空空洞洞的，跟患了重病一樣。

我怨恨美麗的月光，因為那個同我一起觀賞月色的人不在身邊。叔叔大概曾愛過人吧，叔叔應該會了解才對。如果您了解的話，我就不用說明了。可是假使您不曾有過那種經驗，我也不知道要怎麼向您解釋。

反正我現在的心情就是那樣子。明知如此，我還是拒絕了他的求婚。我並沒有告訴他原因為何。只是沈默不語，冷酷的回絕了他。我當時真的不知道要怎麼說才好。結果那個人竟以為我想和傑米．瑪格布萊德結婚，就這樣回去了。我從沒想過要跟傑米結婚，傑米根本就還像是一個大孩子。

可是，查比小少爺和我卻因為這個解釋不清的誤解，弄得彼此心情難過。我讓他回去的理由，就是因為我太愛他了。我知道，如果他和我結婚的話，一定會馬上後悔。一想到此，我就不能平靜下來。

像我這種沒名沒姓、不知身世的人，怎麼可以和有著那麼顯赫家世的他結婚呢。我沒有告訴他任何有關孤兒院的事，還有我連自己是誰都不知道，我說不出口。也許我真的是個貧窮人家的小孩。他的家人是那麼高傲——我也是很高傲的。

而且我覺得我對叔叔也有道義責任。為了要讓我成為小說家才供我受教育，至少我也應該努力達成您的期望才行。特地受這麼個大學教育，怎麼可以往別處發展呢。不過還好，我現在已經可以還叔叔錢了，總算心情好過一點了。還有，即使結了婚也是可以成為作家的，婚姻生活和寫小說應該用不著分開的。

我可以到查比小少爺的身旁去告訴他，我拒絕的理由不是因為想和傑米結婚，而是為了約翰・葛利亞孤兒院的事嗎？告訴他這件可怕的事實真的沒關係嗎？要這麼做，需要很大的勇氣才行。如果要我那麼做的話，我寧願選擇冷冷清清地過一輩子。

這已經是兩個月前的事了。他走了以後，就再無音訊。就在我漸漸要習慣寂寞時，茱莉亞寫來的一封信，再度攪亂我的心緒。茱莉亞信中以若無其事的口吻說，查比小少爺到加拿大去打獵，淋了一整晚的大雨，從此就因為肺炎臥病在床。發生了這麼大的事，我卻毫不知情。他一句話也不說，消失在某個地方自己一個人生氣。他的心情一定很淒涼，因為我也是這樣。

叔叔，我到底要怎麼辦才好？

朱蒂

十月六日

令人懷念的長腿叔叔：

是的，我一定會去。是這個禮拜四下午四點半吧。我當然知道怎麼去，紐約我已經去過三次了，而且我又不是小孩。我真的不敢相信要去看叔叔。我花了好久好久的一段時間，只想著叔叔的事。因此，我已經不覺得叔叔是個有血有肉，而且可以用手摸的人了。

您身體不太舒服，還要為我擔心，叔叔，真的很謝謝您。請您小心不要著涼了，秋天的雨濕氣太重，對身體是不好的。

摯愛您的　朱蒂

F.S　我突然擔心起來了。叔叔的家裡有管家嗎？我最怕管家。

搞不好管家一打開大門，我就會馬上昏倒在樓梯前。

我應該跟他說些什麼才好，叔叔也沒告訴我您叫什麼大名。

〈星期四早上〉

我最心愛的查比小少爺，也是長腿叔叔班頓・史密斯先生。

昨晚有沒有好好休息？我失眠了，一點也睡不著。太驚訝！太興奮！太令人不知所措！太幸福了！我覺得從今以後再也睡不著覺，吃不下飯了。你一定睡得很熟很熟吧！不睡覺是不行的哦！早一點好起來，就可以到我的身邊來了。

我思念的人，一想到你的病情，我就心痛不已；而且我竟然還一點也不知道。昨天醫生送我到大門，臨坐上馬車時這麼告訴我，如果三天內病情沒有起色的話，只好放棄了。這件事如果真的發生了，我生命中的光也要從此在這個世上消失了。有朝一日，在遙遠的未來——我們之中任何一個必須留下一個之前，我們兩個人是幸福的，我的回憶是快樂的。

為了要替你加油打氣，我會先鼓勵自己。雖然現在身處做夢也想不到的幸福之中，可是在此之前，我們的心情是很悲慘的，心中總是籠罩著你是不是會發生什麼事的不安和陰影。以前我總是天不怕地不怕，滿不在乎的，但那是因為我沒有任何值得珍惜的東西；可是現在我將帶著一生中最大的不安。只要你一不在身邊，我就會擔心你是不是被車撞了，還是招牌掉下來砸到你的頭了，會不會糊里糊塗喝下有病菌的果汁。我心中那份平靜已經不知何去何蹤了，雖然我本來就不喜歡平凡無奇的生活。

你一定要趕快好起來。我好想靠近你，摸摸你，確定一下你是不是活生生的人。和你在一起短短的三十分鐘像是在作夢。要是我也是你的家人之一（姪女的姪女也好），我就可以每天去探望你，唸書給你聽，替你拍拍枕頭，替你撐開額頭上的兩道大皺紋，還有嘴角的皺摺，逗你開懷大笑。可是你的狀況應該還算不錯吧！昨天跟你分手時，你看起來精神飽滿呢！醫生還跟我說：「從妳來了以後，他至少年輕了十歲，妳一定是個很好的護士。」可是，喜歡人就會少十歲的話那還得了。假如我成了十一歲的少女，你還會喜歡我嗎？

昨天真是意想不到的好。即使我活到九十九歲，這段時候發生的一點一滴我也決不會忘記。天還沒亮就從洛克威勒出發的少女，與晚上歸來的少女已經判若兩人了。

辛普爾太太四點半就把我搖起來。黑暗中張開雙眼，首先浮在腦海的事就是：「要去看長腿叔叔囉！」在廚房昏暗的燭光下用完早餐後，就在美麗的秋天風景裡乘坐馬車到八公里外的車站去。太陽在路途中昇起，楓葉、茱萸在晨光照耀下，閃爍著火紅和亮橙橙的黃，石牆和玉米田裝扮著晶瑩繽紛的露珠。空氣清新、一塵不染，希望正整裝待發。

我知道一定會有好事發生的了。坐在火車裡時，連鐵軌都一直唱著：「妳就要見到長腿叔叔了！」這才讓我放下心來。我相信叔叔一定擁有使所有東西都變好的魔力。甚至，我還感覺得到，有一位遠比叔叔更重要的人就要和我相遇了。在結束這趟旅行之前，我一定會看到那個人！就是這樣！

剛到達馬吉森大道上的房子時，這棟巨大、褐色，令人難以親近的豪宅，使我望之卻步。不得不提起勇氣，先在附近繞了一圈。然後發現其實這個地方一點也不可怕。你的管家人很親切，是一個如同父親一般的慈祥長者，我的心情一下子就變輕鬆了。

「亞伯特小姐嗎？」我只說了「是的。」連「我想見史密斯先生！」都沒有說就可以了。管家告訴我：「請在會客室稍等一下。」會客室很樸素，看起來就像是一個高貴男士的房間。我坐在大大的沙發邊上，心中直唸個不停：「就要看到長腿叔叔了喲！就要看到叔叔了喲！」

不久，管家回來跟我說：「請移駕到書房。」由於興奮過度，我好不容易才移動雙腿。管家在門口轉過身來，小聲地對我說：「主人還很虛弱，今天才得到起床的允許，所以請小姐不要停留太久，讓主人受到太多刺激。」聽他的口氣，我知道他非常照顧你。他真是一個老好人。

敲了門並說：「我是亞伯特！」一進到房間裡，身後的門隨即關上。

從明亮的大廳走進灰暗的臥房中，一時之間伸手不見五指。過了一會兒，才看到壁爐前的大安樂椅及在旁邊閃閃發亮的茶几和椅子。不久，我發覺到有一位男士，背上墊著枕頭、膝蓋上覆蓋著毛毯，坐在大椅子上。

我正要停下來時，那個人站了起來。有一點重心不穩的抓著椅子，沈默不語地注視著我。

然後——然後——我知道就是你！當時什麼也不知道。我還以為是叔叔為了要讓我驚喜一下，才請你來的。

然後，你微笑著對我伸出雙手。

「小朱蒂，妳難道沒有發覺，我就是長腿叔叔嗎？」

那個時候，我什麼都明白了。我真是世界上的第一號超級大傻瓜。只要有一點點智慧，誰都可以在那麼多蛛絲馬跡中知道答案。我實在不配做一名偵探。叔——哦，不是、不是，查比先生，我到底要怎麼稱呼你呢。只叫你查比的話，太不禮貌了，我決不能做出對你失禮的事。

直到醫生要我離開前的三十分鐘，猶如置身夢中。整個人迷迷糊糊地，還差點坐上開往聖路易斯的火車。你也是糊里糊塗的，連茶都忘了倒給我，但是我們還是好幸福好幸福！

在一片漆黑的夜色中，我乘著馬車回到洛克威勒。那天晚上滿天星星都為我閃爍著。今天早上我牽著柯琳出去，走遍了和你一起去過的每一個地方。回想你所說的話，還有當時的景象。今天的森林像黃銅一樣的發光，空氣清新透明——非常適合登山的好天氣；我好想和你一起到各地去爬山。

查比——你不在這裡時，我是多麼寂寞；不過，卻是幸福的寂寞。我們馬上就可以在一起了，我們只屬於彼此。我終於要屬於某個人了，這是一種奇妙的感覺。可是，好幸福、好幸福！從今以後，我一秒鐘也不願意再使你悲傷。

直到永遠的永遠都是你的　朱蒂

F.S：這是我生平第一次寫的情書。你一定覺得很奇怪，我怎麼知道情書的寫法呢！

〈全書終〉

長腿叔叔．續集

《親愛的敵人》簡介

同樣是以「信的方式」來展開本書的各種情節，如果你還沉迷於前集，對於孤兒的朱蒂一往情深的話，可能剛開始對於新登場的靈魂人物，一頭紅髮的莎莉，產生某些排斥與抗拒，可是五分鐘之後，你就會後悔有這種情緒了。因為這個續集場景更加恢宏、氣勢更加磅礡、精神層次也更加寬廣——同時你也會見識到這位率性的新院長，如何從一位千金小姐的身分，變為腳踏實地有積極作為的新女性。

延伸前集的故事，除了一己之愛更擴及到利他之愛（agape），全書更加精彩、更加溫馨感人。在臨時被授命為孤兒院院長的莎莉，如何縱橫其中，在排除萬難中，如何大刀闊斧地過關斬將，創造出一個完全不同於往昔的孤兒院的新貌，同時也喚起社會一群冷漠的人士，她不僅改變所有一百多位院童的命運，也喚起了社會對慈善事業的覺醒，意義可謂相當深造——

因此，《親愛的敵人》在一九一五年出版後，馬上在次年的一九一六年登上了美國十大暢銷書的行列！

國家圖書館出版品預行編目資料

長腿叔叔／珍・韋伯斯特／著，李常傳／譯
-- 二版 -- 新北市：新潮社，2020.07
面； 公分
譯自：Daddy Long Legs
ISBN 978-986-316-766-2（平裝）

874.96　　109005629

長腿叔叔

珍・韋伯斯特／著
李常傳／譯

【策　劃】林郁
【制　作】天蠍座文創
【出　版】新潮社文化事業有限公司
電話：(02) 8666-5711
傳真：(02) 8666-5833
E-mail：service@xcsbook.com.tw

【總經銷】創智文化有限公司
新北市土城區忠承路 89 號 6F（永寧科技園區）
電話：2268-3489
傳真：2269-6560

印前作業　菩薩蠻數位文化有限公司

二　版　2020 年 07 月